A FACA NO CORAÇÃO

Obras do autor

234
33 contos escolhidos
Abismo de rosas
Ah, é?
O anão e a ninfeta
Arara bêbada
Capitu sou eu
Cemitério de elefantes
Chorinho brejeiro
Contos eróticos
Crimes de paixão
Desastres de amor
Desgracida
Dinorá
Em busca de Curitiba perdida
Essas malditas mulheres
A faca no coração
Guerra conjugal
Lincha tarado
Macho não ganha flor
O maníaco do olho verde
Meu querido assassino
Mistérios de Curitiba
Morte na praça
Novelas nada exemplares
Pão e sangue
O pássaro de cinco asas
Pico na veia
A polaquinha
O rei da terra
Rita Ritinha Ritona
A trombeta do anjo vingador
O vampiro de Curitiba
Violetas e Pavões
Virgem louca, loucos beijos

Dalton Trevisan

A FACA NO CORAÇÃO

4ª edição

EDITORA RECORD
RIO DE JANEIRO • SÃO PAULO
2014

CIP-Brasil. Catalogação na fonte
Sindicato Nacional dos Editores de Livros, RJ.

T789f
4ª ed.

Trevisan, Dalton, 1925-
A faca no coração / Dalton Trevisan. - 4ª ed. - Rio de Janeiro: Record, 2014.

ISBN 978-85-01-01540-2

1. Conto brasileiro. I. Título.

05-2651

CDD - 869.93
CDU - 821.134.3(81)-3

Capa: Fabiana sobre desenho de Poty

Texto revisado segundo o novo Acordo Ortográfico da Língua Portuguesa.

Impresso no Brasil

ISBN 978-85-01-01540-2

Sumário

Paixão de Palhaço

— Me leve embora daqui, João. A comida é muito ruim.

Foram as últimas palavras da velha. Desolado, ele sacava o enorme lenço vermelho:

— Ai, Mirazinha... De mim o que vai ser?

Mais que saudade, era remorso.

— Como é que se distraía à noite, João?

— De noite reinava com a Mirazinha.

Até proibida de beber água da moringa.

— Essa água, não.

Sabe o que é, aos sessenta anos, não ter uma velha para infernar? O maior passeador de carro e nunca a boa senhora foi vista com ele no carrão azul — lugar de mulher é no borralho.

— Meus olhos choram a noite inteira por minhas tristezas.

Assoava as lágrimas no lenço festivo e abraçava-se no barbeiro:

— A vida tão sozinho, André, não suporto. Cadê o mingau para a minha úlcera? Olhe, a calça não tem vinco.

Cara redonda, sanguíneo, olho saltado, feio sapo sem dentes, a língua babosa sobrando da boca — um sapo de sessenta e três anos.

— Não faça isso, meu amigo — o barbeiro era velho freguês do elixir 914.

Viúvo sem-vergonha, João não é convidado para nenhuma casa, nem mesmo a do barbeiro. Durante o jogo de cartas, descalça debaixo da mesa o sapato e esfrega o dedão na perna das mulheres — tanto susto elas nem se mexem. Cabecinha baixa, mão trêmula, suspiroso, e os maridos de nada desconfiam.

— O compadre precisa casar.

Caspa na sobrancelha e intrigante, o barbeiro levantou lista de três possíveis noivas. Dona Cotinha, viúva gorda, e duas solteironas, Josefa e Petronilha. Com a última, João se ofendeu:

— É minha morte, André, que você quer?

Visitou a dona Cotinha que, além de gordíssima, tinha voz grossa e bigode negro. Depois a Josefa, verruga pilosa no queixo, lhe ofereceu licor de ovo com broinha de fubá mimoso.

— Eu caso, João. Com uma condição. Mamãe mora com a gente.

— Interna a velha no asilo ou nada feito.

Enterrou o chapéu e bateu a porta.

— Ele não é avarento? — comentou a Josefa.

— Avarento é pouco — disse a velhinha. — Precisa inventar outra palavra.

Ao sentir a picada, o barbeiro se iluminou:

— Por que não pensei na Maria?

Prática de farmácia, trinta anos e mão leve para injeção, de óculo, cabelo ruivo crespo, dentinho de ouro.

— O João procura mocinha séria.

Ela, quieta.

— Ficou braba com a proposta?

— Que proposta?

— Do noivado com o João.

Para surpresa do barbeiro:

— A gente um dia tem de casar.

— Pode falar com você?

O viúvo fungava de alegria, os olhos espirravam lágrima gozosa:

— Que tal um beijinho na menina?

E deu.

— Que tal um carinho?

Ela não queria outra coisa.

— E eu, hein? Saudoso de galar a menina.

— Já viu? Só depois de casado.

Maria consultou advogado: casamento com separação de bens. Daí pediu uma casa em nome dela, carro novo, tantos cruzeiros por mês. Dinheiroso mas velhaco, João regateou. A casa reduzida a um cheque, mais o carro azul, entregaria na véspera das núpcias.

Ao menos uma concessão a moça consegue. Há anos ele cultiva longuíssima a unha do mindinho esquerdo — ó Deus, suprema distinção? Promessa às almas do purgatório? Titilar a grande orelha peluda?

— Te dou um beijo. Te dou tantos beijos. Essa unha, João... Que horror! Tem de cortar.

Aos olhos indignados da cidade passeiam no famoso carro em que nunca subiu a finadinha. Sem respeito pelas famílias, cobre a menina de beijos, o monstro que negou um copo dágua na hora da morte.

Maria não pode atender o telefone:

— Cuide-se, sua sirigaita. Casa com um tarado!

João se delicia com as cartas anônimas, o culpado pela morte da vítima, da heroína, da mártir. Palavrões medonhos rabiscados a carvão no muro. Espetado na porta acha um morcego de cigarro na boca.

— Casar com Maria e morrer — ele se vangloria fogoso para o barbeiro. — Um guri depravado de sessenta anos.

Pinta de rosa e amarelo o bangalô, põe dentadura dupla, apara os tufos grisalhos na venta arreganhada — o feio que no espelho se olha, bonito não se parece?

— Seja mais discreto, João. Casar, sim. Mas não se exibir.

— Cinquenta anos tem o compadre? Que bela idade! Tanta bandalheira por fazer...

Na despedida de viúvo, sambiquira regada a vinho e bailarico na casa de mulheres, ele baba no charuto:

— Toda cidade tem seu palhaço. Agora sou eu. Amanhã tua vez, André.

Casa e na manhã seguinte a moça fica na cozinha, ele passeia de carro. A Josefa surpreende-a na janela:

— Muito tristinha. Boa coisa não é.

João desce no barbeiro, corado e lépido, o vinco da calça perfeito. No mesmo dia deixa a unha do mindinho crescer.

O Grande Circo de Cavalinhos

Montado de costas no burro amarelo, o palhaço anuncia a sensacional estreia:

— Hoje tem marmelada?

— Tem, sim senhor.

O circo mambembe de cavalinhos com o título pomposo de O PALÁCIO DAS MARAVILHAS.

— O palhaço que é?

— É ladrão de mulher.

Aviso importante: há espetáculo mesmo com chuva.

Às nove da noite, o empresário de cartola na mão e voz retumbante proclama ao distinto público o palhaço mais engraçado do mundo:

— Mais divertido que o grande Chic-Chic. Mais que as cem figurinhas de bala Zequinha. Fábrica de gargalhadas, rir, rir, rir!

Surge o palhaço, carão pintado, nariz de lâmpada vermelha, calça larga e botina de ponta virada.

Nesse instante há uma discussão na porta, dois rivais no amor da filha do escrivão. Ambos sacam do revólver. Antes que o sargento possa intervir, uma bala atinge a testa do palhaço, cai mortinho no meio do picadeiro.

Mais que depressa os peludos maltrapilhos, porém de botões prateados, rolam a pobre vítima pela serragem. O famoso empresário anuncia o seguinte número:

Dom Fulgêncio, o domador de feras, aplaudido pela rainha da Inglaterra, condecorado pelo czar de todas as Rússias.

Fulgurante na botinha de verniz e no bigode fininho, o valente domador estala o chicote. Da jaula arrasta-se uma hiena magra, felpudo casaco cinza. Excitada pelo chicotinho, olho amarelo de gozo, rasteja até cingir nas patas dianteiras a botinha negra do adorado verdugo.

Aos berros furiosos do domador e gargalhadas da hiena, ainda enlaçados, são recolhidos pelos galantes peludos.

Assobios e palmas, volta o bravo Dom Fulgêncio que, a mancha indelével na botinha, não é mais feliz com o elefante louco da rainha de Sabá.

Sacudindo os guizos na pata gigantesca e girando uma sombrinha azul na tromba, em vez de se manter sobre a grande bola colorida, espalha pelo picadeiro fumegantes panquecas verdes e some bamboleando na cortina vermelha dos fundos.

Precipita-se o empresário a celebrar ao distinto público o número formidável da bala humana que é, ao mesmo tempo, o menor anão do mundo — eis o anãozinho de boina xadrez empurrado à força pelo cano do canhão.

Aceso o pavio, todos tapam os ouvidos e, uma carga exagerada de pólvora, é lançada a bala humana. Em vez de cair nos braços abertos dos peludos, arremete sobre as bandeiras, rompe a tolda esburacada, enterra-se de cabeça num banhado de rãs.

Antes que a plateia se refaça do espanto, sob o aplauso dos peludos (acabado o número cada artista assume entre eles o seu lugar), o anúncio do fabuloso atirador de facas:

O grande Caramuru — colar de dentes humanos no peito nu e calça enfeitada com penas de pavão —, filho do fogo e pai do trovão, o último dos tupis-guaranis.

A quem se apresentar como alvo, oferece o empresário sete ingressos grátis, com direito a pipoca e amendoim torrado, além do retrato autografado do artista.

Desce os bancos da geral um velhinho triste e trôpego — rodeado pelos peludos, ei-lo no maiô esfarrapado de cetim branco e lantejoulas douradas. Abre os braços contra duas tábuas e treme nas perninhas finas, não tanto como o índio que se faz de bêbado.

Ao rufar dos tambores, o grande Caramuru fecha o olho, dá um passo atrás, arremessa com um grito a primeira faca, que fica vibrando na murcha coxa esquerda. Desmaia o velhinho, arrastado para os bastidores.

Às pressas exibe-se o saltimbanco das três Américas que, sem rede, executará o supremo salto mortal.

Outra vez os tambores em surdina, a pipoca suspensa diante da boca aberta — lá no alto balançam os dois trapézios sob a tolda mal remendada.

No picadeiro o empresário sempre de cartola prepara o sinal para o garboso diabo branco que, no patamar da escada de cordas, esfrega talco nas mãos lisas de suor frio.

Ganha impulso o trapézio volante. O empresário bate palmas, grita bem alto — hop, hop. O audaz acrobata no fantástico salto mortal erra a outra barra, acerta em cheio o peito no mastro vermelho. Baba de lesma, escorre e, laguinho de escuma, perde-se na serragem.

Açulada pelos rivais no amor da filha do escrivão, a distinta plateia deita fogo ao Palácio das Maravilhas.

Antes foge o empresário com o dinheiro das entradas. E rouba ao vampiro louco de Curitiba a mulher mais gorda do mundo, seu glorioso calção em chamas no mastro é apoteose do último circo de cavalinhos.

Maria entre João e André

É filha do João Maria, sujeito egoísta e ruim. Da mulher fez uma barata leprosa do muito que a surrou; corcundinha, foi de carroça para o asilo. Livre da velha, amigou-se com uma polaca e passou a judiar dos sete filhos.

Tanto a menina apanhou que fugiu para o rancho do André — o irmão mais velho, casado com a filha de um Mendes, feia, estéril, doente das urinas. Agregado do sogro numa choupana, cada vez mais pobre, não de pouco trabalhar, tudo gastava em xarope e garrafada para a mulher. Gemente, carunchosa, Marta não saía da benzedeira e da sortista.

A menina que ajudava na cozinha e na roça. Remexia o virado com torresmo quando o André se chegou:

— Sabe que é muito bonitinha?

Todo ele a engolia com o olho vermelho. Sem que Maria esperasse, pregou-lhe um beijo no rosto. Ficou assustada, bem quieta — se queixar para você?

Um ranchinho no meio do mato, ela dorme no sótão. Uma noite, vê o André que sobe a escada, ajoelha-se à beira da cama, descansa a vela no caixote e, sem palavra, dá-lhe um beijo. Na boca.

— Que está pensando, André?

Embaixo a mulher gemeu e tossiu, ele desceu de vela na mão. Dia seguinte foram carpir a roça de milho.

— Está arisca, peticinha? — ele até parecia alegre.

De madrugada rebenta um temporal. O telhado sem forro, chovia na cama da menina. Ao clarão do relâmpago, o André surgiu na escada, desta vez com um lampião:

— Está chovendo aí?

Depositou o lampião no caixote, subiu no banquinho, arrumou a telha. De calça e camisa deitou-se com a menina, cobriu-lhe o rosto de beijos. Enquanto ela se debatia para libertar o braço, deu-lhe outros beijos. Ali no caixote Maria alcançou a faquinha bem afiada:

— Sai de cima senão te corto!

E encostou-lhe a faquinha no pescoço. Ele deu mais um beijo, só um.

— Sai senão corto tua orelha, chamo tua mulher, conto para seu Mendes.

Ele pulou da cama, agarrou o lampião, desceu ligeiro a escada. Nem fechar a porta ela podia, sem trinco.

Debruçada no poço, ao puxar o balde, uma voz rouca a seu lado:

— Deita comigo? Volta para o pai? Entra no asilo?

Primeira vez de cabeça baixa:

— A Marta imprestável. Nem é mais mulher.

Não podia voltar para o pai (fez dois filhos na polaca, que morreu, depois arrumou outra polaca, fez mais cinco filhos, até que essa também morreu) nem ir para o asilo com a mãe corcunda.

Pronto surgiu no rancho um visitante de bigodinho e dente de ouro.

— Tenho essa irmã muito bonitinha. Não quer para você?

Dois meses não se passaram, Maria viu-se casada com João. Casou sem gostar, para se ver livre do maldito André.

De João tinha horror; quando ele a agarrava, meio à força, engravidava. Cinco filhos nasceram, um por ano. Ser mulher é escapar do André e cair nos braços do João.

Desconfiado, o marido surpreendeu-a com um aluno no colo, na maior inocência:

— Não tem vergonha? Uma dona madura e um mocinho...

— É um anjinho. Não vê que é uma criança?

Foi ao baile acompanhar a filha. Dançou primeiro com um doutor conhecido — seria feio recusar — e o segundo era o próprio namorado da filha.

Ali na rua João rebentou o colar, rasgou a gola do seu vestido novo e acertou-lhe na bexiga um pontapé, que a deixou entrevada vários dias.

Maior vagabundo que o João nunca viu. Antes ajudava nas despesas, faz dois anos que bebe e come de graça. O rádio, a geladeira, a televisão foi só ela quem pagou.

Dele os filhos não querem saber, testemunhas medrosas das agressões à mãe. Saia curta já não pode usar — rodelas roxas na perna. Quando ela se agarrou na porta, o filho tomou-lhe a defesa:

— Mãe, não vá. Mãezinha, não vá.

E o coitado apanhou de cinto, assim que o João desistiu de arrastá-la.

De muito estudar Maria usava óculo, encrespou o cabelo para não escová-lo. E foi buscar na casa do pai uma das irmãs para ajudá-la. Sempre lecionando, longe da família, um dia suspeitou: o João ia ao potreiro, ordenhar a vaquinha, de mão dada com a menina.

De madrugada Maria acordou — e o João que fim levou? Pé ante pé no corredor, ela abriu uma fresta da porta, o quartinho em penumbra — a luz do poste diante da veneziana. Viu na cama o tipo em cima da menina e, ao lado, inocente, a filhinha dormindo. Nu, só de camiseta, a gorda bunda branca.

— Seu bandido, tarado, assassino!

Acendeu a luz e rasgou-lhe em tiras a camiseta. A filhinha sentou-se na cama aos gritos de ver o pai inteirinho nu. E a irmã, essa infeliz, cobriu a cabeça, gemia debaixo do lençol.

— A culpada é você — com a mão ele escondia as vergonhas. — Só você.

Manhã seguinte Maria entregou a menina ao juiz, internada no asilo.

Desde essa noite exigiu quarto separado, salva do arranhão no pescoço, mordida no braço, pontapé na bexiga. Tão grande nojo, come de pé na cozinha, dando-lhe as costas, senão instala-se com o prato diante da televisão.

A menininha rói unha, tem ataque, grita dormindo.

O filho cruza com o pai na praça e vira-lhe o rosto.

Maria chega em casa, a surpresa da visita de quem? Do André com a mulher paralítica. Ao servir-lhe cálice de vinho doce com broinha de fubá mimoso, encontra o olho vermelho de cobiça.

Cão Danado

Sem querer espiou pela janela e viu tudo: a mulher beijava o José na boca, era isso que ela chamava de aula particular? Mãozinha fria, esperou na esquina pelo filho do compadre:

— Que história é essa com minha mulher?

— Quem... contou para o senhor?

— Eu mesmo vi.

Terrível a sua carinha feia, o rapaz começou a chorar:

— Não só comigo. O Lulo também.

Certo que ela negou, a maior cínica.

— Não sei como tem coragem. Uma dona casada e um moço...

— Ora, uma criança. É um anjinho.

— Anjinho nada. É maior que eu.

Além do aluno, desconfia dela com um professor de óculo e bigodeira.

— Eles andam agarradinhos — informou a zeladora da escola. — De mãos dadas, aos cochichos, pelos cantos.

João saiu de bicicleta atrás do ônibus. Ela desceu na praça, foi rondar a porta do professor. Ele a espreitá-la da esquina. Deu a volta ao quarteirão, cruzaram-se diante da pensão, um fingindo não ver o outro.

— O doutor mandou lembrança para dona Maria — era o recado da comadre Eufêmia.

Do curso noturno tarde chegava a dona. Há seis meses não o abraça, com a desculpa da frigidez. Ele achou na bolsa de couro vermelho uma bula de remédio.

— É para evitar filho — esclareceu o farmacêutico. — O senhor não sabia?

Se nem um beijinho lhe dá, por que evitar filho? Na mira ele tem o professor, o aluno, o próprio farmacêutico. Para sair mais cedo alegou que ia dar aula — e não era feriado?

— A Mariinha precisa se distrair — era a filha mais velha, de dezessete anos. — Muito tristinha.

A festa seria à tarde no colégio. Depois que era à noite — toda em sossego, combinação de seda azul, assistindo à novela. Dez da noite, foi para o quarto. Voltou de cetim preto, muito pintada, com dois colares. A festa agora no clube, tinha reservado mesa. Ele ficou ofendido: a mesa, o vestido, os colares. Surgiram as amigas da filha, o táxi buzinou na porta. Bem que furioso não quis dar escândalo: ficou na companhia dos quatro filhos menores.

À uma da manhã, decidiu espionar o baile. Pequenininho, é fácil despercebido: eis a dona muito faceira dançando, a cabeça no ombro do par. Na volta do salão deu com ele, na pontinha do pé, ali no corredor. João quedou firme, nem foi até a mesa. Às tantas da madrugada ela saiu outra vez para a valsa. Era demais, ele avançou pelo salão, disposto a apartar. Maria desconfiou, largou do galã, correu para a mesa.

— Vamos já para casa — João ordenou.

Eram três horas, o baile ia mesmo acabar.

No portão ele não se conteve, rasgou o decote do vestido, foi só conta colorida pelo chão. Ela gritou tanto que acordou as crianças e o sargento, abrindo a janela, perguntou o que era.

— Essa mulher está me traindo. E quer reclamar, já se viu?

Separaram-se alguns dias de quarto. João conseguiu que ela voltasse. Ainda se recusava aos seus carinhos que, segundo ela, eram desejos imundos.

— Devia fazer com você, Maria, o que seu pai fez com sua mãe.

De tão judiada a mãe ficou corcunda e acabou no asilo.

— Não se chegue, ó traidor, cainho e bruto.

Inútil usar de violência, com ela não podia.

— Eu arrumo outra mais moça.

— E estou ligando? Assim para de me infernar.

Na tarde de tempestade o irmão Josias fritava uma linguicinha no fogão de tijolo, entrou a faísca pela chaminé, fulminou o pobre moço. O médico veio e atestou a morte — atraíra o raio uma faquinha com que cortava a linguiça. No velório, soltava bolhas pela boca, as mãos quentes e sorria em paz. O compadre Carlito sugeriu que o tirassem do caixão e cobrissem de terra para descarregar a eletricidade — o moço não está morto, mas dorme.

— O compadre quer fazer defunto viver?

Se o médico atestou, era mortinho. João se arrepende até hoje não terem deitado o rapaz na terra: à meia-noite o corpo enrijeceu, se regelou, nariz bem preto. Antes de o sepultarem, a velha retirou o anel com as iniciais gravadas da noiva — *N.S.*

— Essa aliança como lembrança do seu irmão eu lhe dou.

João guardou-a no bolsinho do paletó e não contou à mulher, já que não se falavam. Dias depois ela remexe nos seus bolsos e descobre o anel:

— Você tem amante. Aqui está a prova — e aquela gritaria na frente dos filhos.

Tanto bastou para instalar a filha mais velha na cama do casal; ele dorme no quarto dos filhos. Esses, que antes corriam para os seus braços e disputavam um conchego no colo, já não fazem o menor carinho.

João deixou crescer duas negras costeletas. Bebeu garrafa de vinho tinto, decidiu arrebatar a mulher à força.

— Hoje tem que ser minha.

— Acudam, o pai é um cão danado — e o berreiro diante dos cinco filhos.

— O pai tem amante. As iniciais são N.S.

Ferrou-se no trinco do quarto, ele deu-lhe dois tapas, ela devolveu três unhadas — e não conseguiu sacudi-la da porta.

— Com o exemplo da mãe se perde a menina — queixou-se o pobre para a sua velhinha. — Lá em casa seis contra um, sem contar a gata.

Insatisfeito de não ter rasgado o vestido, só rebentou a gola.

— A mãe quer se apartar. O que vocês acham?

— Não sei — respondeu Mariinha.

— Eu não quero — gaguejou o menino de quinze anos.

No almoço João senta-se à mesa com os filhos. A dona em pé ao lado do fogão, de costas para ele. No jantar ela faz o prato, vai para a sala diante da televisão. Em desafio bate porta e janela.

— Bater janela no quinto dos infernos.

— Estou na minha casa. Bato quanto quero.

Chega às nove da noite, ela e o colega com fama de mulherengo. A família janta ao redor da mesa. João na cabeceira, em vez de comer, desfaz em tiras o guardanapo de papel.

— Mato esse desgraçado — e rompe mais um pedaço. — Bem que eu mato.

Domingo, de volta do futebol, serve-se de uma cachacinha e liga o rádio.

— Sabe, paizinho? — é o menino de seis anos, muito prosa.

— O que, meu filho?

— Essa a música que mamãe dança com o tio André.

A Caça ao Último Tigre

Os três bêbados — Tigre, Candinho e Nô — reinavam no bar da Sociedade Beneficente Recreativa e Protetora dos Operários. Intimados ao silêncio pelos jogadores em volta das mesas, partiram no carro do Candinho para ouvir e entender estrelas.

Toda a cidade era uma rua deserta. Boquiabertos para a lua cheia, apostaram qual dos três cuspia mais longe.

— O Tigre foi o último. Eu sou o campeão. E o Nô o vice.

— Nem campeão nem vice. São dois vigaristas.

— Vigarista é você.

— Vigarista é a mãe.

Violenta continuou a discussão no fordeco verde.

— Desce, Tigre. Salta já do carro.

Obrigado a descer, cruzando as pernas, longe do clube.

Candinho parou diante da igrejinha branca e, tão indignado, mergulhou a cara na água gelada do bebedouro. De joelho na escadaria, abriu os braços, patético:

— Deus, ó Deus, sou eu vigarista?!

Com a bênção divina, entrando aos berros em casa, rasgava a camisa de fúria:

— Não me segure, mulher. O Tigre eu mato.

A boa senhora abraçou-se nos filhos, acendeu uma vela para a milagrosa Maria Bueno. Candinho desenterrou do baú o velho trabuco e, esquecendo o Nô adormecido no sofá da sala, partiu à caça do Tigre.

No clube a calmaria sonolenta do fim de noite. Sob a fumaceira dos cigarros, o Dadá mascava o charuto fétido e esfregava o eterno copo com o trapo úmido. Ao redor da mesa, os últimos jogadores debaixo do quebra-luz verde rolavam os montinhos de ficha colorida.

— Onde o bandido? — com um pontapé abriu a porta, possesso. — O Tigre onde está? Que eu mato. Já se escondeu, o rato piolhento? É homem morto.

Os jogadores mal ergueram os olhos das cartas. Tranquilo, o Dadá não parou de enxugar o copo:

— O Tigre está aí — e deu um passo para o lado.

Ali atrás do balcão, a infame barata leprosa, estuporada no banco, roncando e babando no único canino amarelo.

Sem que acordasse o terceiro campeão dos cuspidores, matá-lo o Candinho não podia. Enquanto esperava, aceitou uma batida de maracujá por conta da casa.

Entra o Nô cantando a lua cheia ideal para tatu-de-rabo-mole. Sacudiram o Tigre e lá foram os três. Felizes de trabuco, lanterna, bruto facão, mamando o gargalo da mesma garrafa e trançando as pernas à caça do tatu.

A Viuvinha Louca

Filha única, mimada, Maria noivou aos quinze anos, contra a vontade do pai. Pretendia não gostar de moço bonito: João era feioso. Fugiram para casar, alucinados de paixão. Três vezes faziam amor: a primeira, quando se deitavam (dele a calça do pijama, dela o casaco), a segunda à meia-noite (ela um relo-ginho) quando, não conseguindo dormir, acordava o rapaz e, a terceira, de manhã. Seis meses depois ele se queixava:

— Maria, como é que vou trabalhar?

E sufocado de beijos famintos:

— Não tem pena de mim, amor?

A moça ouvia sem entender as penas das amigas que, essas, desconheciam o êxtase; iludindo o marido, fingiam e não dormiam, com falta de ar. Uma consultou médico, que sugeriu experiência com outro homem. Não Maria que, horas antes do parto, ainda se deitou com o pobre João.

Quatro filhos chegaram, um por ano — cada gravidez a deixava mais bonita. Ele se remordia de ciúme, sem razão. Telefonava a hora inesperada. Exigia que, na sua ausência, trancasse a porta.

— Nervoso, meu bem? Não é nada. Isso acontece.

— Também você é insaciável. Veja como estou magro — e tossia, o coitado, funda olheira.

À meia-noite, impaciente no casaco de bolinha azul, ouvia o rádio: a motocicleta vermelha contra o caminhão, o sangue do piloto no asfalto! Roupão escarlate sobre a nudez, saiu descalça e aos gritos pela rua Emiliano. Seis meses louca, internada no Asilo Nossa Senhora da Luz.

Dos netos cuidou a mãe direitinho. Nove choques elétricos e Maria voltou para casa. Ao receber a pensão no banco deu na parede com o retrato do finadinho — uivos e lágrimas. Para se distrair comprou um carro, a toda fúria passeava com os filhos.

— Mãe, não deixe — os meninos estalavam os dedos — não deixe o outro passar.

Na primeira curva perdeu a direção, o carro capotou contra uma pedreira. Saltou criança por todo lado, ela quebrou a perna. A velha mãe soube pela televisão:

— Só pode ser a Maria.

Internados no pronto-socorro, ela e os filhos. Recebeu alta e comprou carro mais veloz. Agora de encontro a um caminhão: cada filho com uma cicatriz na perna, na testa, no braço. Apontada em Curitiba como a viuvinha louca, de castigo cassaram-lhe a carteira.

Ao folhear o álbum da lua de mel, nova crise e novo internamento. Os tranquilizantes só a excitavam, como se consolar das saudades de João?

— Minha filha — era o conselho da mãe —, você precisa de um noivo.

— Tão bonitinha — repetia o médico do hospital. — Quem fez essas covinhas?

Cabeça para trás, uma gargalhada radiosa e, sequela dos desastres, dois ou três pivôs:

— Sei lá, doutor, sei lá.

Baixinha, loirinha, magrinha (quatro quilos abaixo da tabela), sombra de luto no grande olho verde.

— Cada acidente, sei lá, o João que me chama.

Também ele, três vezes por noite, sentindo a falta. Solteiro ela não quer, inexperiente, sem paciência com as crianças. Viúvo, esse, traz mais problema. Desquitado? Sei lá. Cultivou seus namoradinhos (corpo de menina, calça azul colante, seinho em riste na blusa transparente), inclusive um bancário, pernóstico e efeminado.

Mudar de ambiente, outra cidade, outros amores — sugeriu o doutor Napoleão.

Novo acidente, desta vez com o carro do pai. Culpa dela não foi, o freio com defeito, trombada no poste — só criança por todo lado. Perna quebrada, a direita ou esquerda, sei lá.

— Sei lá — às gargalhadas na ambulância.

Ao ver os netinhos engessados, o velho pai quase morreu de enfarte.

Outra vez em circulação, ela trabalhou no banco, no escritório de advocacia, na agência de turismo, assediada por chefes, funcionários e clientes.

— Não mereço um beijinho? — reclamou o gerente ao conceder aumento.

— Sei lá.

Um, dois, três beijos roubados.

— Ficou marcado, meu bem.

O susto do pai de família.

— Do batom.

O ciúme feroz das donas casadas, todos os maridos com tristeza de pintassilgo pesteado — ela é arco-íris de sapatinho amarelo. Até a freira, esvoaçante corneta branca, na festinha do colégio... Cada vez mais bonitinha, escandalosa na cabeleira dourada e no vestido encarnado.

— Se o João não a deixa em paz — receitou o doutor Alô —, durma com o José.

Explodiu o bujão de gás, queimou o rosto da criada. Nova crise da moça, aos gritos e gargalhadas. Os vizinhos alvoroçados, o papagaio assobiava, os cachorros latiam. No pronto-socorro brigou com a enfermeira, que chamou a radiopatrulha: escoltada por dois tiras até a delegacia. Célebre no edifício, na rua Emiliano, em toda a cidade:

— Lá vai a viuvinha louca.

Gloriosa como trezentas bandeiras rubro-negras batendo palmas ao gol da vitória.

À meia-noite ela acorda (é pontual reloginho), apalpa o segundo travesseiro — medo de não cumprir os deveres, João se atirou debaixo do caminhão? Agora o bobinho chora a falta uma, duas, três vezes por noite?

— Se você me chama, querido, já vou... Espere por mim.

Basta de perna quebrada, braço engessado, gargalhadas mil — e passa pelo sono com um sorriso, pilotando a fulgurante moto vermelha ou prateada, sei lá.

Penas de um Sedutor

— Só venho mais uma vez. Fico noiva em abril. E caso em junho.

Abriu o caderno, estendeu o envelope:

— Quer ver?

— Não enxergo direito.

Foi até a fresta da janela, pôs o óculo:

— Bonitão, o rapaz. Como se chama? Que é que ele faz?

Os dois de mão dada na praça. Sentados na grama, ela sorria para o fotógrafo.

— Ele te beija?

— Todo noivo beija.

Rouco de aflição:

— Como eu? É bem-intencionado?

— Só fala em casar. Domingo conheci os pais.

— Já sabe o que aconteceu?

— Agora eu conto.

— Não é melhor esconder?

— Prefiro contar.

— Um drama na vida de vocês. Ele nunca vai esquecer. Ou perdoar. Por que não uma queda de bicicleta?

— Eu faço questão de.

— Ele ainda não tentou...

— Ele me respeita. E não sou fácil.

— Sei disso. Foram quantos meses até quê?

— O doutor é danadinho.

— De nós dois não vai contar, vai?

Risinho de quem diz: Bem que eu conto.

— Por que demorou? Não temos muito tempo. Estava esperando na esquina. Você não vinha. Passou uma senhora. Me olhou com ódio. Seria sua mãe?

— Ela tem cabelo grisalho.

— Então não era. Outro dia cruzei com você e disse: Boa tarde, moça. Ao lado, o Josias. Tem fama de conquistador.

— É como um tio. Me carregou no colo.

— De quem gosta mais: de mim ou dele?

O amor? Relógio sem ponteiro latindo no quarto escuro de uma casa vazia.

— Sei me defender. Ai, não me aperte.

Afastou-o na ponta do braço:

— Elegante. Hum, gravata bonita.

— Só elegante? E bonito não? Gosta um pouquinho de mim?

A voz partiu-se num soluço e dois pigarros. Ela sorria, sem responder.

— Eu queria roubar você só para mim.

— O palhaço do circo também quis.

— Ah, bandido.

— Já viu. A mãe não deixou.

— Você fuma demais. Quase não posso te beijar. O cigarro sempre na boca.

— Muito nervosa. Choro de noite. Às vezes de perna trêmula. Vivo debaixo de xarope. Ah, o meu mal está aqui (com o dedinho na testa). Que tal se morro de repente?

— Eu morro também.

— O doutor arranca uma tábua. Me enterra bem fundo.

Ao longe as pancadas lentas da morte.

— Credo, seis horas.

— É sino de enterro.

— Não tiro a botinha. Tão difícil.

— Não gosto dela.

— De salto fico maior, não é? Não suja a colcha, será?

Todo de gravata e sapato, apenas sem paletó. Um ruído debaixo da janela — atenta, a boquinha aberta. Também ele, o gesto suspenso: madrigais neuróticos na cabeça tonta. Ela abriu uns olhos deste tamanho. Antes de ser engolido, insinuou-se fácil, pescoço de cisne na água.

— Me chame de meu amor.

Amor, o menino inocente afaga uma cadela raivosa, por ela é mordido, já condenado a morrer babando, rangendo os dentes, ganindo.

— Meu amor. Ih, tanto medo de ficar grávida.

— Eu também.

Sorriu e prendeu a meia à cinta.

— Que é que está olhando?

— Você é linda. E eu te amo — só isso.

Desenrugou a colcha:

— Este botão de quem é?

— Nossa, é meu.

Debaixo da blusa dois punhados trêmulos de morangos silvestres.

— Já imaginou se...

No espelho do corredor, um grampo nos dentes, com a mão ajeita o cabelo.

— Me ajude.

A mecha loira fora da rede de crochê. Ele abriu o caderninho ao acaso: *A soma dos ângulos de um triângulo é igual...* Entre as folhas esqueceu as três notas.

— Cuidado não perder.

— Não tem perigo.

— Um beijo, você gosta um pouco. Dois, mais ou menos. Três é que me ama.

Um beijo e a risadinha sapeca:

— Sou uma boa artista?

Já de paletó, a gravata arrumada:

— Tem pena de mim, sua ingrata?

De volta da escola, hora do almoço. Pulando de alegria, o casaco sobre o guarda-pó, casaquinho novo. Correndo e rindo pelo atalho do potreiro. Detrás de uma touceira surge o mulato descalço. Ela se debate, carrega-a nos braços para a touceira. Ajoelha-se, na mão esquerda prende os dois pulsinhos, com a outra tapa-lhe a boca. Quando afasta a mão, arranhando e rasgando, ela grita. Mas você acode? Nem eu. Sai bastante sangue. O mulato foge, ela sentada na grama, sem bulir — umas poucas balas azedinhas ali no colo.

Acorre a mãe, de chinelo e quimono, as mãos brancas de farinha.

— Foi o negrão!

A mãe envolve-a no quimono de bolinha, em casa dá-lhe uma surra de vara, é culpada porque deixou — mais que a violência do mulato dói o castigo da mãe.

— Nem um beijinho de despedida? Quando volta? Me chame de meu amor.

Duas línguas rolando no céu da boca.

— Meu amor.

— Que vai ser de mim, querida?

— O doutor é pior que o negrão.

Mulher em Chamas

Um dia tão bonito, o sol radioso, melhor gozá-lo na praia. A sogra sugeriu que a filha dirigisse, muito distraído era ele, avançava sinal, invadia a contramão.

— Não admito — protestou João. — Na minha casa quem manda sou eu.

As crianças rebolaram na areia, os dois boiavam na tranquila água verde — essa pança é uma vergonha, João! — e, casados havia sete anos, mergulhavam de olho aberto para se beijarem debaixo dágua. Uma delícia o empadão de palmito e a galinha com farofa, aos grandes goles de cerveja bem gelada. À sombra do carro amarelo cochilavam — um marulhinho em surdina na barriga, a comichão da água salgada na pele branca —, ofuscados pelo imenso bicho ofegante, a língua de espuma fervendo na areia.

— Olhe um avião — o grito de susto da moça, o braço estendido. — Um avião caiu no mar!

O grande avião dourado precipitava-se em chamas na piscina azul.

— Desculpe, meu bem.

Sonho ou miragem? Nada de avião, uma simples gaivota. Do mormaço ou dos copos de cerveja, João queixou-se da cabeça, com pressa de voltar. O sol faiscava no espelho sem ondas, ardia no brasido da areia, reverberava na nuvem branca sobre o asfalto.

Uma gota de suor escorria na longa perna nua:

— Se a gente esperasse a fresca... — ela ronronou, cheia de preguiça.

— A estrada será um inferno de mil carros.

Os bancos de couro abrasados, desceram todas as vidraças e, com último olhar para a água fresquinha, partiram. Sonolenta, ela cochilava com o guri no colo, as duas meninas enrodilhadas no banco traseiro. Na serra João a acordaria para vigiar as curvas. Logo ela dormia com o piá febril nos braços — sol demais na cabeça. Três da tarde, o carro avançava no incêndio negro do asfalto.

A longa reta deserta, João baixava as pálpebras, asas de fogo tatalando no céu e, quando percebeu, o calhambeque saía da estrada. Pisou com tanta violência no freio que as portas se abriram e as meninas foram cuspidas. Só não esmagou o peito porque, agarrado ferozmente à direção, e sendo o carro antigo, a barra enterrou-se entre os pedais. E a moça, sem largar o filho, caiu de costas numa pedra.

As crianças gritando e correndo ensanguentadas, Maria quis erguer-se para acudi-las. Apalpou as pernas — inteiras, perfeitas —, não sentia as pernas. Sentada ali no chão, não se sentia sentada. Rodearam-na vozes confusas, nos braços de alguém conduzida ao hospital.

— Trauma — explicou o médico de óculo e máscara.

Em choque, ouvia os comentários:

— A coluna esmagada... Operação, não resiste. Inválida. O resto dos dias...

A porta sacudida de uivos medonhos — era o marido.

— Estou morrendo... — ela queria se agarrar sem poder. — Em chamas... vou explodir...

O avião dourado caindo em chamas era ela que aspirou o éter e perdeu a consciência.

Não morreu, suportou a operação e mais outra, a terceira e mais uma quarta, além da hemorragia interna, da broncopneumonia, da flebite.

Primeiros dias rodeada pela família, parentes vinham de longe visitá-la e, como afinal não morria e passavam-se os meses, aos poucos esquecida no seu cantinho, ao lado da janela: uma entrevada a mais.

De repente o prurido no pé — e por que no esquerdo? Insensível da cintura para baixo — pobre cambito da bruxa de pano foi a coxa poderosa da campeã de tênis —, por que a insofrida coceira? Lá no jardim os gritos dos filhos brincando ao sol. O marido, esse, por onde andará? Quanto tempo a culpa o defenderia de se consolar com outra?

Dobrou-se para coçar o maldito pé e o novelo de lã rolou no tapete — já não poderia apanhá-lo. Chamar a criada era antecipar uma injeção e dois comprimidos. Melhor escondesse as lágrimas, cadela de perna estropiada — escorregando da cadeira, arrastar-se no tapete, rastejar pela rampa e, no meio da rua, debaixo das rodas do primeiro caminhão?

Inclinou-se no braço da odiosa cadeira: com a ferida do cotovelo sentia-se *sentada* (ao ser estendida na cama, pesando sobre o ombro dolorido, sabia-se *deitada*). Embora sofresse as mesmas dores, à noite entorpecida pelas drogas, ninguém a visitava. Dando tempo à progressão da paralisia, tudo faziam para esquecê-la.

— Ela está bem — recomendou o doutor à família. — O certo é não mimá-la.

Manobrou a cadeira diante do grande espelho oval: o rosto ainda lindo, o busto soberbo, mulher já não era, objeto de piedade, nojo ou ridículo.

A moça trêmula no espelho devolveu-lhe o sorriso. Nem sonho nem miragem: a praia no domingo de verão, ali na pele o arrepio da água salgada. De volta na tarde tranquila, a estrada deserta, o céu brilhante de calor. Feliz, é um avião dourado pairando sobre as aflições do mundo. Bem acordada — cotovelo esfolado, ombro em chaga viva —, jura a si mesma que não adormecerá. Aperta o filho nos braços enquanto o carro avança mais depressa pela estrada faiscante de sol.

O Colibri

Domingo ele chegou reclamando do fogo apagado.

— O fogo está apagado — defendeu-se a moça. — Mas o almoço, pronto.

— Então está frio. E não me responda.

Já riscava no soalho o salto da botinha.

— Bêbado você fica atentado, seu...

— Do que me chamou?

Deus te livre de chamar Colibri o hominho. Mais pequeno que a moça, seria de sete meses? Saiu à mãe, enfezadinho. Os cinco irmãos são altos — dói mais que os irmãos sejam grandes, guapos, galhardos.

— Pensa que não ouvi? Já te mostro quem é o homem da casa.

Pequenininho, mas brabo: sacudiu-a pelo pescoço, arranhou-lhe o peito. Aos gritos ela se fechou no quarto — a porta estremecia de pontapés. Seu orgulho era a bota de saltinho alto.

Afundou a rolha da segunda garrafa de vinho tinto. A dona surgiu à porta, arrependida.

— Não acorde o nenê.

— Mulher minha de emprego não carece.

Muito ciumoso, leva-a até a fábrica na garupa da bicicleta. Faz biscates na carrocinha mais pequetita. Vende cacho de banana, saco de batata, feixe de lenha. Um negocinho aqui e outro ali, estralando forte o chicote.

— Você fica bêbado gabola.

— O hominho aqui tem um milhão — e bateu risonho no bolso.

Perdeu a dentadura no porre tão grande, teve que fazer outra — e nunca serviu bem como a antiga.

— Você me arranhou o queixo.

— Também quis me dar com a cadeira.

— De casa não sai. A criança está perecendo.

— Deus sabe que não é verdade.

Muita noite acordada para que o choro do filho não perturbasse o gigante dos colibris.

— Me mandou procurar outra mulher.

— Eu não mandei. Você disse que tinha outra.

De pilequinho não pode ver moça bonita. Uma vez perdeu meia dentadura. Outra, chegou com a camisa fora da calça e borrada de vinho.

— Mulher é para cuidar do fogão.

Quer comida quente na mesa. E a criança espertinha brincando no quintal. Senão esfrega a bota no capacho, despede-se para sempre. Sobe na carroça com a certidão de casamento, escritura da casa, caderneta do banco. Mais o punhal e a pistolinha.

— Venha aqui fazer um agrado.

— Como você é forte, João.

O nome com muita honra é João Maria.

Moça de Luva e Chapéu

Minha filha, vá colher moranguinho. A mãe precisa falar com o doutor. Estou desenganada, doutor, por isso o mandei chamar. Não quero deixar nada para o Josias, filho mais ingrato — fique tudo para a netinha. Não, eu não me engano, só aparência. Fui consultar o doutor André: *O que a senhora tem, dona Maria, é incurável. Por que não me procurou antes?* Já vivi demais, doutor, estou conformada. Às vezes, choro de noite, não é vergonha contar. Essas manchas negras pelo corpo — seriam da máquina elétrica? Mais que o câncer na pele dói a ingratidão do filho.

É filho único, o Josias. Sempre foi desmiolado, mas carinhoso. Casou mocinho, eu não queria. Não deu certo, a moça quase se matou, eu fiz o desquite. Os dois se apartaram, boa bisca não é quem a filhinha abandona. Aceitei de volta, ele e a menina de colo. Eu que a criei, me chama de mãezinha.

Seja irresponsável, o cheque sem fundo a velha burra quem paga, mas judiar da menina é que não. Bem-apessoado, mas fraco de ideia, perdeu a cabeça por uma sirigaita. A Rita eu sei que tem passado, bonitinha como é. Foi noiva de um e outro. Sumiu alguns meses da casa do tio — não sei se tirou, se deu a criança. Depois disso é de quem quiser. Não importa o passado, o Josias também tem. Não entendo é por que maltratar o anjinho.

A futura madrasta de minha neta. Não sei se já não é... Teve coragem de dizer: *Quem pedalou sempre, de máquina elétrica não carece!* Só por que pedalei vinte anos a velha Singer? A menina, inocente, veio me contar: *Sabe, mãezinha? A Rita disse que...* Ofendida, fui tomar satisfação, ela é quem manda na loja do Josias. Sem coragem de me enfrentar, mandou recado que não estava. Falei bem alto: Fui caçoada. Digam para essa que me abusou. Antes de ela nascer, máquina elétrica eu já usava!

Assim que saí, ela me intrigou com o filho: *Tua mãe não gosta de mim.* O Josias tirou a cinta, agarrou a menina: *Para você aprender a ser intrigante...* Deixou a pobre caidinha no chão, ali mesmo na frente das caixeiras. Mal chegou de bracinho roxo e vergão na perna — rolou de costas com ataque.

Covardia tão grande, que o meu João queria dar de chicote no filho. Se armou de espingarda, matar se preciso. Coitado, coração fraco, não pode se incomodar. Na mesma hora com palpitação, suor frio, ânsia de morrer.

Dia seguinte o Josias me desacatou na rua, aos berros: *Há de morrer leprosa, velha bruxa.* O compadre Lulo até comentou: *Você não é nervosa, Maria. Fosse comigo não sei o que seria desse rapaz.* E o João me disse: *Fale com o doutor. O que ele achar, está bom.* Filho único, o doutor não sabe como dói.

Para ocupar as mãos, assim eu não penso — o chinó para uma freguesa do Salão Chique. A menina foi uma tarde, pôs a carinha na porta, a Rita lá de dentro: *Já sei, você quer dinheiro, sua pestinha.* Ela me contou, chorosa: *Sabe, mãezinha? Encontrei o pai com a Rita.* Por causa da surra, passou de cabeça baixa. O Josias a puxou pela orelha: *Até você já me vira a cara... Eu não, pai. O senhor é que não foi mais lá em casa. E sabe o que ele fez, mãezinha? Mandou eu beijar a noiva.* A fulana se abaixou, toda presunçosa, ela beijou o rosto dourado.

Para a enfeitar, ele já não paga as contas. Mais de um fornecedor se queixou para mim. Telefonei para a loja, queria falar com meu filho, assunto pessoal. Provocação, a tipinha veio atender. *Que a senhora quer?* No fundo a voz do Josias. *Qual é o assunto?* É dinheiro. Bobinha e desaforada: *Ele já cansou de ser explorado...* Me subiu na língua o sangue de bugra: Olhe, menina, não peço dinheiro. Eu dou.

Desliguei, esmoreci, a saúde me fugiu. Abatida o resto do dia, o João até reparou: *Minha velha, esqueça o pó dos móveis e os pratos para lavar. Por que não visita a comadre Alice?* A comadre é muito boa, mas logo senti a falta do pó e dos pratos, sem falar da menina. A hora em que nós dois faltarmos, dela o que vai ser? O doutor viu, com nove anos, tão magrinha, tristinha, toda sensitiva. Reprovada em três matérias, ficou para segunda época. Tão nervosa, varre muito o quintal — é a falta do pai, pior que seja.

Deserdar esse filho, senão deixa a menina sozinha na miséria. Qual nada, doutor, é só aparência: meus dias contados. Se o doutor visse as manchas no corpo. O pobre João não está melhor que eu. Há três anos sofreu ataque, lá mesmo no Salão Chique. O médico avisou: *Dona Maria, de hoje em diante o João não pode ouvir buzina*. Era vida sossegada ou morte — eu vendi o salão e voltamos para a chácara. O Josias bem que disse: *Sabe que a sobrancelha do pai está ficando preta?* Um pobre homem, simples e tranquilo. O paiol está vazio? Bom. O paiol cheio? Menos mal.

Olhando para mim o doutor não acredita — gorda, de tamanco, chapéu de palha. Quando chegou me viu negra do sol e com essas mãos sujas? Cortando capim para a criação. Leite, me dá a vaquinha. Com galinha tenho carne. Ovo dispensa comprar. Fui moça de trato, casei com lavrador, não estou me queixando. Esse menino foi ensinado com bom exemplo.

Posso lhe dizer, doutor, casei por amor. Era moça de luva e chapéu. Doidinha e feliz nos meus quinze anos. A casa de meu pai frequentada por gente fina. Ele comprou esta chácara. Eu andava a cavalo, na maior alegria. No baile encontrei o João que, o doutor não acredita, era o retrato de Dom Pedro I. O pai não queria, mas fiquei noiva. Ele me deu o braço na porta da capela: *Minha filha, você casa com lavrador. Vai ter cebola no arroz. Usar tamanco. E lenço branco na cabeça. Se voltar com a trouxinha nas costas e um filho na barriga, é para você a primeira bala do meu revólver.*

Moça de luva e chapéu deixei de ser. Comi arroz com cebola, usei tamanco e lenço na cabeça. Fui feliz, hoje posso morrer. Não é vergonha chorar de noite, baixinho, que o João não escute. Não por mim, mas por ele e pelo anjinho. O doutor faça o testamento, que eu assino. Desculpe, estou descalça, se não o levo até a porteira.

Três Tiros na Tarde

Primeiro ela deitou uma droga no licor de ovo — a garganta em fogo, João correu para a cozinha e tomou bastante leite. Depois ela misturou soda cáustica na loção de cabelo, que lhe queimou as mãos. O vidro moído no caldo de feijão rangia-lhe nos dentes — e rolava no chão do banheiro, as entranhas fervendo.

Chaveados no guarda-roupa o creme de barba, o talco, o perfume. João decidiu só comer na companhia dos filhos — e se, para matá-lo, envenenasse Maria também os filhos?

Ele dormia, cansado da viagem de negócio. Maria abriu o gás do aquecedor. Salvo pelo menino, que bateu na porta:

— Pai, acorde. Que cheiro é esse, pai?

— Esqueci o cigarro aceso.

Já dormia em quarto separado. Ela recebia flores de antigos noivos. Fim de semana viajou sozinha para o aborto de um filho que não era dele.

— Os dias que passei longe — anunciou para uma amiga — foram os melhores de minha vida.

O pai de João foi procurá-lo no escritório:

— Meu filho, que está esperando? Você quer morrer — é isso?

Sem coragem de abandonar os meninos com aquela doida. Ou quem sabe amava a doida?

Na poltrona da sala, o copo de uísque na mão, lia o programa dos cinemas:

— Que filme gostaria de ver, Maria?

Um dos guris brincando a seus pés no tapete.

— Para você, querido.

Voltou-se e recebeu os três tiros no rosto.

— Mãe, por que a senhora fez isso? — e o piá limpava no pulôver branco a mãozinha grudenta.

— Agora não adianta mais.

Olho arregalado, a sogra surgiu na porta:

— O meu filho essa desgraçada matou.

Deitado o seu menino no sofá de palhinha. Vertia sangue das feridas e pingava numa bacia no chão.

— Tão bonito. Nem tinha pelo no braço. No carnaval saiu de mulher. Ninguém desconfiou.

De joelho, a velha enxugava a sangueira no bigode:

— Por que não dá o tiro de misericórdia?

Maria virou-lhe as costas:

— Tirem daqui essa louca.

Sozinha no quarto, vestiu-se de vermelho, pintou o olho, enfeitou-se de brinco. Toda em sossego sorria para o espelho.

O Rato Piolhento

No último encontro, ambos de pé, assim que ele renunciou a casa e ao carro:

— Quero eu mesma te contar. O André me procurou. Feito o desquite, caso com ele. Ao menos terei um lar.

— É só?

Aos trancos, sem se despedir, o coração espirrando sangue nos degraus. Eu defunto, ela dançará sobre o meu caixão. A morte de um resolve os problemas do outro?

Domingo leva os filhos ao Passeio Público (só ele acha graça no macaquinho), quando chove se refugiam no cinema (só ele chora os desastres do Gordo e o Magro). Empanturra-os de guloseima — nunca mais provariam gasosa de framboesa e bolinho de bacalhau.

— Mamãe vomitando — revelou o filho. — Tão nervosa.

De relance magra e pálida, mas não terei piedade: há de chorar sangue, os próprios olhos, com dois buracos na cara.

— Mamãe está esperando...

Infeliz, ainda quer disfarçar:

— Que tempos! Agora pela filha a notícia da gravidez da mãe.

No conhaque o travo da tristeza, insônia, solidão. Bêbado ele, os filhos com dor de barriga, despede-se na porta: aperta a campainha e esgueira-se pela escada, envergonhado da barba por fazer.

Agarra-se aos companheiros de bar, não o deixem só.

— Que fim levou o José?

Mais um que se foi. Contempla embevecido os outros, que discutem e bebem. De repente sozinho, apenas com o garçom, que lhe dá as costas e vira as cadeiras sobre a mesa.

Por mais sonolento, dormir nunca mais. Cochila sentado, cabeceando, a baba no queixo — tudo menos o quartinho no fundo do corredor. O patrão e o garçom exibem fotos de família; desvia o olho vermelho, antes fossem retratos de sapo e aranha.

— A bebida não me entorpece. Só deixa lúcido até o desespero. Um desespero fininho, arrepio da navalha no pescoço.

Máscara inchada, balofa, lustrosa.

— Esta maldita cidade me obriga a beber.

De Curitiba é a culpa, dos amigos com ares tranquilos de que estão a salvo. Abandona a casa da velha mãe, dorme no chão em quarto estranho — o colchão tão curto, não pode se estender, o cobertor tão estreito, não pode se cobrir.

Num ônibus qualquer até o fim da linha, existe sempre um boteco. Logo é chamado de doutor — cumpre mudar de santuário.

Em todos os bares um recado da irmã aflita: *Mamãe está doente. Não tem dormido pensando em você.* Antes de voltar, provará que é uma barata leprosa, indiferente às pequenas dores (nasceu o filho do outro, sem terceiro olho na testa). Para beber já vendeu o sobretudo, a máquina de escrever, o revólver.

Teu sócio telefona. Respondo que doente ou viajando. Ele invoca o bom nome da firma. Ali da porta espreita um mendigo: dois buracos no meio da cara.

— Ainda se queixa. Quero te ver com aquele nariz.

Um mistério, o bilhete na caligrafia redonda o alcança na espelunca mais infame: *Sei que gastou o dinheiro do aluguel, mas não faz mal. Não precisa esperar o fim do mês para voltar.*

A roupa escorre pelo corpo magro, a bunda murcha, o sapato sem brilho. Um dia, eufórico, desenvolve a teoria de que se recusa a sofrer. Dia seguinte, deprimido, renega a ideia mentirosa.

— Minha vida é um inferno — resmunga para o garçom.

— De quem não é, doutor?

— Nunca mais volto para casa.

— O doutor tem suas compensações.

— Cada uma. Nem te conto.

Fim de noite com a poetisa laureada. No bolso a famosa obra *Vênus no convento ou Mil noites do apache.* Ela folheia aqui e ali: coxa nacarada, instrumento de tortura, porta do paraíso.

— Tem coragem de ler essa imundice?

Dá-lhe as *Cartas a um jovem poeta.* João põe-se a ler, ela se demora no banheiro — eis que surge, inteirinha nua, de óculo, rebolando na rumba. O tempo que durou o caso, o doutor pede as cartas de Rilke e, assim que acha o nome de Franz Xaver Kappus, exibe-se em toda a força do homem.

Que de aventuras sórdidas com vagabundas? Pelo álcool dispensado de correr atrás da última cadelinha.

Dorme de dia e vagueia à noite. Não se levanta antes das seis — hora ingrata e dúbia, ainda pode ser dia. Depois tudo fica fácil. O primeiro cálice aquieta o tremor da mão:

— Com este gole já passa.

Aprende a sofrer até o limite das forças. Deserta os filhos (*Que loucura é essa, João?*), perde a sociedade — salvo o bom nome da firma. Abriga-se no apartamento alheio, até brigar com um e outro — aturá-lo quem pode? Três dias deitado olha para o teto, pensando. Quer ficar sete dias, não aguenta mais que três.

Retorna aos bares, sempre um bilhetinho à espera: *Tem vindo o cobrador de vermelho. Por que não devolve o acordeão — mas que acordeão?*

Afoga-se em rum, gim, o medonho conhaque, proseando com os vampiros da hora morta. Sobre o quê? Na mesa de bar assunto não falta.

Esgravata os dentes, examina o palito: sangue. Às sete da manhã — nauseado, a mão trêmula — diante do prato frio de canja.

— O doutor onde vai?

— Dormir.

— Nunca faça isso, doutor.

Uma boleta e lá estão os dois no aniversário da bailarina.

— O doutor é dos nossos — e o rei Candinho, babando na gravata de bolinha, chora no seu ombro.

Na ronda dos bares, saudado por todos os cafetões da noite, que lhe oferecem licor de ovo com gelo picado, sorvido em canudinho.

— A isso cheguei.

— É um prazer, doutor.

O garçom estende-lhe o envelope machucado: *Não acha que já se divertiu bastante? Volte para casa, João.*

Cambaleando vai ao banheiro, afronta-se no espelho. Sete anos bêbado, sim, mas não de cachaça.

— Olho para mim, vejo o que sou.

Desvia ligeiro o garçom, última despesa esquecida no bar.

— Adeus, rato piolhento de esgoto.

Não só voltou como, alegria da mãe, da irmã e dele mesmo, estava curado da faca no coração — e nunca mais se embriagou.

Visita à Alcova de Cetim

Meio-dia em ponto telefonou para a mulher: uma conferência, cliente importante, chegaria meia hora mais tarde. Fechou na gaveta os processos, desceu pelo elevador e, evitando a garagem, saiu para a rua. Dois quarteirões além, acenou para um táxi: não usar duas vezes o mesmo.

— Toque para a Otília.

No espelho o sorriso desdentado dos cabelos brancos:

— Madame Otília? Pois não, doutor. Conheci a madame nos bons tempos. Ela está enxugando um conhaque, não é, doutor?

Antes de dobrar à esquerda, o carro esperou a passagem do ônibus: o doutor levou o lenço ao nariz.

Ali no pátio, com a mão no trinco:

— Pode esperar alguns minutos?

— Tem pressa não, doutor.

Com a batida da porta surgiram nas janelas duas e três cabecinhas curiosas. Desviando o salão, deu a volta pelos fundos, subiu os quatro degraus. Ela o esperava na soleira — combinação transparente, sem sutiã, calcinha rosa e sapatinho prateado:

— Como vai, meu amor?

Ele sempre ruborizava ao atravessar a cozinha e o salão (cadeiras de palha encostadas na parede, o glorioso São Jorge guardando o santuário, duas moças de perna cruzada e cigarro na boca) rumo ao quarto no fim do corredor.

— Teu preferido, não é, benzinho?

Ela acendeu a luz, descansou na penteadeira a bolsa que apanhara no caminho:

— Fique à vontade.

A cama, o espelho, a cadeira. Abriu a bolsa: Quem é essa bandida? Carteira de identidade, conta atrasada de luz, duas balas azedinhas, cigarro e, no envelope azul, cinco notas. Mais que depressa ele surrupiou uma e travou o fecho. Arrumou a roupa na cadeira, apenas de relógio no pulso e meia preta. Envolveu o travesseiro na camisa branca e, afastando a colcha encardida, deitou-se no lençol quase limpo. Manchas de goteira no forro, o fio negro com a lâmpada nua. Na parede números rabiscados de telefone. Onde o abajur lilás na alcova de cetim? Lá fora gritos de crianças, galinhas cacarejavam, um apito de trem.

A moça fechou a porta, o jarro de água quente na mão, duas toalhas no braço. Sumiu ao pé da cama (sob a janela a pata com os patinhos chapinhando na poça), ergueu a cabeça, piscou o olho risonho:

— É todo branquinho!

Ele não retribuiu o sorriso.

A moça limpou o batom no lencinho de papel, estendeu-se ao lado.

— No rosto não — ele se encolheu em pânico. — Tenho cócega.

Sôfrega, cobriu-lhe de beijos o peito sem cabelo. Bastou o primeiro beijo para que ele fechasse os olhos.

— Ai, bem, sempre a mãozinha fria. Está nervoso?

No salão uma gargalhada de homem.

— Será que ninguém fresta?

Olho branco do sol na janela fechada. A moça ergueu a cabeça:

— É o Piraquara.

— Quem?

— Teu chofer. O velhinho.

Sugava um dos mamilos e com a unha bem vermelha beliscava o outro.

— Aperte mais.

Ele a orientava com voz rouca de comando:

— Não. Continue. Mais devagar. Assim. Espere. Agora não. Outra vez. Bem assim.

Não é que flutuava acima do lençol? Submissa, ela seguia as instruções, com algum espanto.

— Assim perco o equilíbrio.

— Perde não.

A vez da moça deitar-se de costas. Ele mordiscou e babujou os seios durinhos, arrepiado pelas unhas na nuca:

— Me beije, amor. Só um beijinho.

Embora parte do ritual, ele pretendia não ouvir — um cabelo de suor escorrendo na testa.

Voltaram às posições anteriores. A diferença que agora de olho bem aberto, cabeça erguida no travesseiro: não queria perder nada. Mão trêmula, afastava as mechas no rosto afogueado da moça, apertava o brinco da orelha esquerda.

Ofendida, ela suspendeu o gesto, a injuriá-lo com fúria.

— Agora chega. Continue como antes. Demore bastante.

Vergonha dos seus ganidos, estertores e soluços (as paredes de madeira fina), cobrindo a gargalhada do Piraquara lá no salão. O quarto estremecia com a passagem atropeladora do trem: é o trem ou sou eu, suspenso a dois palmos do colchão?

A moça ficou de pé, ele estava de calça e sapato. Ela escovava a cabeleira revolta, o doutor já vestido, o cabelo sem um fio fora do lugar. Dobrou três notas, enfiou debaixo da bolsa vermelha.

— Não me chamou de...

— É mesmo... Que pena!

— Outra vez não esqueça.

Cigarro na boca, sorria toda nua no espelho — *Volta logo, amor?* —, ele se afastava pelo corredor: não carecia espiar o relógio, quinze minutos eram passados.

Sol fulgurante nos olhos e, no pátio, o carro vazio.

— Pronto, doutor? — a voz ofeguenta às suas costas. — Foi rápido.

Não respondeu, já de óculo escuro. Antes de entrar no asfalto, o carro esperou a passagem do ônibus, o doutor escondia o rosto no lenço.

— Estava bom, não é, doutor? — o velhote sorria deliciado. — As meninas são limpinhas. A madame, coitada. Perdida no conhaque.

Doce Mariinha

Nem a mãe acreditou no casamento de Mariinha, sonsa como é. Fritar um ovo não sabe, esquece de esfriar a mamadeira, acha lindo o rendilhado de pó na toalha de crochê.

Desde a porta o bafio pelos cantos, cheiro azedo de criança. A amiga admirou-se:

— O suéter pelo avesso, querida!

Tão sujo. Assim não parece.

Sobre a mesa o que era, espetada com penas de galinha?

Soprando da testa o cachinho rebelde:

— Uma abóbora. Linda, não é?

O visitante segura no colo um dos meninos, que lhe baba na manga.

— Ai, que horror.

No banheiro, um instante indecisa, apanha escova de dente:

— A do João.

Esfrega a babugem e, sem passar a escova na água, de volta ao copo.

Na festinha surge de saia encarnada, chamando a atenção das amigas.

— Que saia original, Mariinha!

— Minha roupa tão velha. Com dois alfinetes ajeitei esta cortina. Lindinha, não é?

Ao acender o fogão, medrosa do espirro do gás, atira de longe o fósforo. Acumulando-se dia a dia, de repente uma labareda incendeia a cortina, o pano de pratos, o aventalzinho xadrez.

O marido também distraído, mas não tanto. Os filhos educados sem capricho. Sai o casal, volta horas mais tarde. Choram, os coitados, de fome e sede, frio e medo, fechados no quarto. Pela janela os vizinhos atiram bolacha e bala azedinha para calar o berreiro.

Mariinha revira a bolsa, ficam discutindo no corredor.

— Outra vez? Perdeu a chave? Amanhã eu me separo.

Com tranquilidade apartam-se dias e semanas. Ela pede dinheiro para as compras. Espichado no sofá vermelho, João sopra sete anéis de fumaça.

— Ó Deus — protesta a moça —, nem o teu cigarro me deixa em paz!

Dinheiro ele não tem, almoça com os pais. Ela com os meninos na casa da mãe — o táxi na porta até que a velha pague. Com anemia e exaustão nervosa, as crianças dormem pelos cantos.

Nada mais gostoso que se encontrarem escondidos. Podem reinar pelo apartamento quase vazio. Aqui e ali a moça pisa pedaços de bolacha, uma bala azedinha na bochecha:

— Essa gente não se meta na vida alheia.

Rindo feliz, atira-se nuazinha nos braços de João.

Esse Pai dos Pais

Me dá sua mão, meu filho — disse a mãezinha, uma noite antes do fim. — *Vamos nós dois praguejar essa maldita. Não queria morrer só para não dar este gosto.* De coração amaldiçoamos a Grande Prostituta de Babilônia, com quem fornicou o rei da terra.

Logo eu que a mãe elegia seu pobre campeão — como desafiar o rei dos reis em todo o esplendor, emasculado que fui pela sua prepotência? Agora vai casar com a última das concubinas de Gomorra e exige a minha bênção. É de espantar minha gagueira nervosa?

Sempre o invejei, ao rei da casa cabia no domingo a moela da galinha. À minha adoração, respondeu com desdém porque sou gago e magro. Para ele, gordo de gargalhada sonorosa, magreza é defeito de caráter. *Ai de mim, que tenho um filho retardado!* — assim me apresentava aos parentes em visita. Ser gago é pouco. Milagre é que cego eu não rastejasse, surdo e mudo como a derradeira barata leprosa.

Para ele todo filho é uma prova contra o pai. Eu tremia encolhido pelos seus gritos de cólera — não abre uma porta sem a escancarar, só a fecha com estrondo — e sei que duvidou da minha virilidade. Mal de mim, o Senhor me aponta o caminho da rua e, deserdado, perco o sobrenome. Primeiro o terror de vir a ser o que ele fulminava com ira santa. Depois — ó doce vingança — me embalei no sonho do famoso veadão.

Pavoneia-se de muito homem porque fez onze filhos — a glória infame de ser onze vezes renegado. Na força dos quarenta anos, tronava sobre a minha pequenez esse pai de todos. À cabeceira da mesa oficiando o pão da angústia e o vinho da amargura, com trinta dinheiros fechados na mão esquerda.

Desde que tem seis dedos no pé, reclama honras de herói. Quando ganha só ele ganha, quando perde os filhos é que perdem — esvaziou mais garrafas que nós todos, e assim que foi proibido de beber, erigiu em virtude a forçosa privação. Não se lembra quando disputou a presidência do clube suburbano de futebol? Derrotado, segundo ele, pela traição dos falsos camaradas — e no mesmo dia passou a odiar o futebol de todo o universo.

É o vendilhão do templo, indiferente a qualquer inquietação espiritual, além da leitura do horóscopo. Bem que choraminga, o triste, por causa da azia já não devora inteiro um bolo de chocolate — a sua imagem de penitente. É o grão-mestre, capaz de aliviar a dor alheia num passe de mágica — e surpreendido no quintal com despacho de macumba.

Descobri o grande segredo porque, ao instalar teúda e manteúda a besta de sete cabeças e dez cornos, não repudiou a mulher e os filhos. Reconhecer em mim o gosto da usura foi uma revelação. Só por avareza não nos abandonou: renunciar à metade dos bens, jamais suportaria esta perda. Assim fui devassando o seu mistério bem guardado — de nós onze serei o mais parecido?

Só de cainho conservou os vestidos no guarda-roupa. Dispensa-lhes a consideração que não teve com a dona. Não se intitulou a grande vítima porque, em vez de uma, tinha duas famílias para sustentar?

Lembra-se quando mamãe nos mandava pedir-lhe o dinheiro do pão e do leite? Nem uma vez entregou a menor das moedas, que atirava longe com maldição e ranger de dentes. Ah, se me recordo da tia Zizi, que largou o marido, ela sim, fugiu com outro. Tão compreensivo com o drama da irmã, bastou suplicasse auxílio — *Eu não tenho irmã de nome Zizi!* E a tia foi acabar numa casa de mulheres.

Começaram aí as preleções sobre a pecadora pública, que arrasta à falência o negociante próspero e lhe transmite doença infamante. Ele devia saber pelos vidros vazios de elixir 914 no fundo da gaveta. Sempre ostentou repulsa pelo fraco e doente — vício vergonhoso o mal do outro. Protegido pela carapaça de egoísmo, a mulher agonizante, estendeu-se na cama e dormiu com roncos que abalavam a dentadura no copo. Ela morreu ao seu lado, sozinha, sem que lhe desse a mão. E como podia, exausto dos folguedos eróticos com a chocadora de ovos de basilisco?

A consciência tranquila, chora diante dos vestidos. Em seguida enumera as prendas morais da tricentésima concubina de Salomão. Chegou a trazê-la a nossa casa — nada é sagrado, nem o quarto da agonia?

Meus filhos, eis a vossa mãe! — ele disse, ao exibir a fotografia colorida da praga das rãs, dos pulgões, dos gafanhotos. Desde esse dia me sinto na pele do imundo bastardo. De mim exige não apenas obediência mas admiração, o magnífico impostor, o embusteiro, o fanfarrão, o cachaço fogoso dos pés e mãos de Jezabel do corpo comido pelos cães. Ah, se pudesse vomitar-lhe o sobrenome, nada ter com ele: o bigodão grisalho, a careca brilhosa, o rugido com que à janela assoa-se nos dois dedos.

Com a morte de mamãe no mesmo dia ele morreu para mim. Acompanhei o enterro dos dois. Está sepultado em outro caixão longe dela. Para mim é duas vezes defunto.

Se a vossa mãe fosse viva — foi o que disse — *seria a primeira a perdoar.* Insatisfeito de ser o valentão da alcova, esse pai dos pais, dragão dos magros, braço truculento de Deus, assumiu a esmagadora imagem do gigante Golias — e a mim, Davi sem pedra nem funda, restou somente a gagueira. Eu, a grama que não cresce à sombra do garanhão dos exércitos. Sou o filho do...

Não é verdade, igual a ele não sou — me acuse de tudo, uma gota de sangue coalhado na gema de ovo. Mas não igual, não a ele. Por favor. Igual a ele não sou.

O Anjinho

Sempre foi boêmio e, como todo boêmio, boa pessoa. Dedilhava o violão, bebia muito, sem despentear o cabelo. Bem casado, quatro meninas e, até que enfim, o filho temporão — de tão querido, adoeceu com febre e, da noite para o dia, morto. Nunca mais o doutor João foi o mesmo.

Abandonou o consultório, entregou-se ao vício, esquecia mulher e filhas, que o adoravam. Influência do sogro, nomeado para a Saúde Pública.

Mau burocrata, bom médico, dedicado aos doentes; às seis horas, encerrado o expediente, entrava no primeiro bar. Na longa ronda dos bares, antes das onze não chegava em casa — no fogão o prato feito, só aquecê-lo em banho-maria.

Apaixonou-se pela escrevente do cartório, generosa de carnes, a mais feia moça de Curitiba. Aguardava-a na esquina, empertigado no terno azul, bigodinho bem preto. Mão esquerda no bolso, a outra bulindo na gravata de bolinha. Seguia a menina, alguns passos atrás, deslumbrado pelas suas prendas.

— Linda. Coisinha mais rica — repetia entre dentes. — Pombinha de cinco asas.

Lado a lado na esquina, à espera do sinal verde, pretendiam não se conhecer. Deixava-a se distanciar um pouco e celebrava as graças em surdina:

— Dodói do papai. Ó broinha de fubá mimoso.

Seguido pelos mil olhos da rua Emiliano, na ilusão de não ser visto por ninguém. Sem se virar, ela entrava no pensionato das freiras, ele no bar do português. Bebia de pé, o cotovelo no balcão, a garrafa de cerveja à vista, o copo de cachaça no canto, confraternizando com operário, soldado, bandida. Suas ideias acatadas — a opinião de um doutor! Pornógrafo não era, só no fim da noite vagamente socialista — e nunca falava no filho morto.

Mais ou menos às onze, arrastando o ombro na parede, rumava para casa. Bêbado que estivesse, iludia os carros assassinos na travessia das ruas.

Oito da manhã, descia a calçada, impávido entre as janeleiras.

— Lá vai ele... — piscava dona Sinhaca para dona Eufêmia que piscava para dona Gabriela. — O último galã da rua Emiliano.

Peitinho aprumado, barbeado, vinco na calça, sapato brilhante — e, único vestígio da noitada, o grande óculo escuro.

Atendia docemente os clientes pobres, almoçava um sanduíche e um copo de leite. Seis em ponto, à espera na esquina.

Perdida de paixão, a moça exigiu encontro e, para não esquecer, ele anotou hora e lugar no cartão de visita, que dona Maria encontrou de manhã ao escovar o terno. E surpreendeu os amantes às quatro da tarde no quarto 93 do Hotel Carioca. Inteirinho nu e de meia preta, João cobriu-se com o lençol. A pobre moça enfiou-se debaixo da cama. Dona Maria espetava-a com a sombrinha vermelha:

— Fora daí, cadela. Já para fora, sua...

Uma semana obrigou-o a dormir no sofá da sala e, com a promessa de desertar a escrevente, perdoou-o. Nem por isso ele alterou os hábitos. Toda tarde seguia a moça rua Emiliano acima, um passinho mais longe. Ela entrou no pensionato. Ele no bar soube da morte do pequeno afilhado. Onze da noite, partiram para o velório, João e dois clarins de cavalaria.

Centro da sala, na mesa coberta por toalha branca, entre quatro velas acesas o caixão azul de brinquedo. Ali o anjo amarelinho, olho meio aberto. O doutor João debruçou-se para afagá-lo: mãozinha posta, camisolão de cetim azul, fita prateada na gola, no punho, na barra. Tanta dor, sacudiu o caixão. Com o grito das mulheres, mexeu-se o anjinho — da cabeça rolou a coroa prateada de papelão.

— Venha, compadre. Para cá.

O pai conduziu-o para a cozinha. Todos a fritar linguiça entre grandes xícaras de quentão. Escandaloso o comportamento dos clarins, na calada a família removeu o morto para a casa do vizinho.

Três da manhã o doutor João, bem penteado apesar do olho vidroso, exigiu silêncio. Voltaram contritos para a sala — mesa nua, dois tocos de vela apagados.

— Que fim levou? — o soluço aflito de João. — Me despedir do anjinho. Quero o meu filho.

E abraçando-se no compadre, ambos em lágrimas:

— Roubaram o anjinho.

A Barata Leprosa

*** Arrisquei a vida, torci o pescoço, sangrei o joelho, agora é minha. Carrego o meu tesouro comigo, basta enfiar a mão no bolso (eis o sabiá que pinica debaixo da unha), a calcinha amarela surrupiada do varal.

*** No papel dobrado as sementes indeléveis da paixão. *Para a Maria, o amor fogoso do André* — rabiscado com a mão esquerda para disfarçar a letra.

*** — Quer uma bala azedinha? Uma figurinha de bala Zequinha?

Atrás da cortina, horas esquecido, a espiar as meninas no vestidinho branco de musselina brincando de roda — únicas que não me intimidam. Não fossem as diabinhas capazes de chupar a bala, guardar a figurinha e ao sentirem a mão úmida e quente:

— Olhe que eu conto para mamãe.

*** Ela descolou o papel com a mancha do amor e o nome de André, deu um grito:

— Só pode ter sido o João!

*** Três padre-nossos e três ave-marias, que não me denuncie à polícia. Antes de ser empalado com uma garrafa, ter a unha arrancada e o testículo quebrado, tudo eu confesso.

*** Se sou feio (eterna espinha no nariz), gorducho (uma brotoeja no cachaço vermelho), relaxado (dois pingos de tomate na gravata), que tanto me olho no espelho?

*** Chego perto de uma menina. Já de óculo embaçado, meu carão lustroso, o colarinho úmido, um rio espumando na axila em fogo. E fujo na pontinha do pé, vampiro de nádega rebolante.

*** Essa varredeira das horas mortas, bracejando vassouras e cuspindo pó, não sou eu, esganado, me afogando com sanduíche duplo de pernil?

*** Para não ser torturado, tomei o partido do carrasco. Minhas obras completas? Uma coleção de cartas anônimas: *Eu sei quem matou Maria Bueno — Foi ele, o André, que incendiou o Teatro Guaíra — Eu não fui que fuzilei o Barão do Serro Azul.*

*** Se meu consolo é a empadinha, o bombom, a coxinha, o quindim, como não ser gordo? Sempre enxugando no queixo uma gota de molho pardo, a minha baba de lesma.

*** Não bastasse, balofo e desajeitado, ainda a língua sibilante: quem fez o erre, fez só para me humilhar.

*** Meninas... será que você pode confiar?

Catedral gótica de estafilos e treponemas é a genitália da mulher.

*** Novo bilhete de amor. Assinatura, o contorno desfraldado da bandeira do homem.

*** Juro que a Jean Seberg me olhou. Meio da cena, espiou sobre o ombro do galã e, ali na sala escura, ela me viu e sorriu da mão perdida no bolso.

*** A menina. A velha de óculo e verruga. A entrevada na cadeira de roda. A vesga. A corcundinha.

— Como é que pode, meu Deus?

Aleijões do circo de cavalinhos, dois buracos em vez do nariz e, por elas, eu...

Por elas não. Por todas sempre assanhado, o toque da calcinha no bolso me faz levitar.

*** Deixa estar, eu me vingo, deixa estar.

*** Quem me dera só para mim uma dessas grandes bonecas de plástico — bem eu saberia fazê-la feliz.

*** Sou mais que Judas, eu vendi o próprio Judas — por trinta balas Zequinha!

*** Cavalgado por uma hiena risonha e feroz, só unhas e dentes. Fujo com pés de lama, ela me alcança e morde a nuca. Acordo lavado em suor frio — qual será o significado?

*** Sessenta e quatro são as posições do prazer solitário?

*** Ligo o gravador, enrolo o lenço no bocal:

— Alô, quem fala? Dona Marina? Um recado para a senhora. Da parte de dona Eufêmia. Vai bem, obrigado. Me pediu que...

Envolvente, aliciante, tropeço no erre e, quando ela menos espera, o chorrilho glorioso de palavrões.

Fazê-la chorar me derrete de gozo e o prazer é completo.

*** Algumas desligam, outras devolvem os insultos, outras bem quietas enquanto eu gemo, suspiro e soluço ao seu ouvido.

*** A calcinha puída no bolso, o embrulho de empadinhas no outro, quem pode mais do que eu?

*** A cidade em pânico. À mercê do vampiro louco. O assobiador ataca outra vez.

*** Toda noite peço a bênção à mãezinha, rezo os padre-nossos e, antes do galo cantar, na luta do meu anjo da guarda com a besta da luxúria, ele perde sempre.

*** Morrer virgem é o meu calvário?

*** Ao lado da loirinha no cinema. Sorriso inocente e sarças ardentes diante do óculo, submeto-a aos meus doidos caprichos, chicoteada e espezinhada — se acendesse a luz, eu seria preso na mesma hora.

*** Deflorador no sonho acordado, por que dormindo sou a vítima?

*** Abordado no vão da porta por uma rainha da noite.

— Onde é que vai, gostosão?

Uiva, coxa fervilhante de bichos, dá gritos, unha mais longa do mindinho, imunda está.

Beijar uma vagabunda de rua é morrer moço, urrando na camisa de força, esquecido do próprio nome.

*** Atrás da menininha de vestido vermelho, saltitante trança dourada. O pacote de bala azedinha, que me esperasse ali na esquina. Quase noite, ninguém na rua. Correndo em casa para escovar os dentes e botar a gravata de bolinha azul. De volta à esquina, foi você o tarado que me roubou a menina?

*** Ó maldita barata leprosa com caspa na sobrancelha.

Se distraísse o vampiro de Curitiba a mudar de gravata, não teria até hoje alcançado a primeira vítima.

*** Consolo da menina perdida, ataco a travessa de empadinhas, esgano e engulo as sete primeiras, estraçalho com delícia as cinco seguintes e, assim que me sacio, depois me empanturro, abocanho ainda uma e outra mais, engasgado com o caroço da azeitona.

*** Para conhecer o amor, ó querida mãezinha, estou condenado a matar?

O Sonho da Normalista

— Entre, moça.

Além da coleção de cadernos, um pacote colorido na mão.

— Que é?

— O sapato que comprei.

Radiosa de azul e branco, no sapatinho preto.

— Esse olho verde mais lindo. Por que cílio postiço? Por que sombra de lápis?

Quase ingênua, um tantinho vulgar.

— Que belezinha. Bem que saudoso. E você?

— Não estou aqui?

Aos beijos aflitos:

— Por que não veio antes?

— Ih, choveu tanto. Quem mais enxugou a água debaixo da porta?

— Outro dia vi tua mãe na janela.

— Minha mãe não sai da janela.

— Tão curiosa?

— Falta de ar.

— Ah... Achei mais gorda.

— Minha mãe é uma desgraçada.

— E você? Como foi de viagem?

— Sete dias maravilhosos. Com meu noivo.

— Alguém mais?

— Minha irmãzinha.

— Ele não quis dormir com você?

— Bem que ele quis. Eu não deixei. Noiva merece respeito.

Aposto que dormiu abraçada as sete noites — a pobre irmãzinha no tapete.

— Ele não tem outra?

— E eu aceito os restos de outra?

— Diabo, o telefone que toca. Gente bate na porta.

Onde mandar a secretária: ao banco? ao cartório? ao tribunal?

— Uma hora imprópria, meu bem.

Olho baixo, cruzou a perna deliciosa. Quando a secretária entrou, ela bem comportada na ponta da cadeira:

— O doutor, aquele imóvel... O contrato já venceu, não é? De maneira que...

Ele pediu que a secretária conferisse o saldo nos bancos.

— De volta em vinte minutos. Uma pena, meu bem. Ao menos tivesse avisado. Melhor outro dia. Aqui a prestação da enciclopédia.

Suspendeu os beijos gulosos, enfiou uma nota no caderno: as páginas em branco.

— Não é que me sinto um canalha? Afinal me aproveitei. Sou casado e você é noiva.

— O doutor bem que me respeita.

Em vinte minutos você pode morrer de amor. Perdia tempo com palavras.

— Tenho uma proposta — e cochichou no ouvido, a voz rouca.

Grande surpresa:

— Lembra-se do meu sonho? O que eu mais quero. Se você me der, prometo ser tua. Até o dia do casamento.

— Quer demais, meu bem.

— Não sabe, seu bobo, o que está perdendo.

— É muito, amor. Uma ideia melhor — e, engolindo em seco, cochichou de novo.

Sem esperar resposta, desabotoava a camisa:

— Me beije, amor. Morda o biquinho. Sem doer.

Ela considerou, curiosa. O doutor pressionou de leve a nuca, que se inclinou dócil. Depressa ela beijou uma e duas vezes.

— Só mais um beijinho.

— Vocês, homens, uns porcalhões.

Mas deu o terceiro beijinho:

— Credo, que engraçado.

— Não se faça de santinha. Sei que tem experiência. Você saiu com o André...

— Com o André não.

— ... com o Tito...

— Não com o Tito.

— ... e com o Josias, não queira negar.

Ainda quis negar.

— Foi vista com ele. Mais de uma vez.

Não de dia, mas de noite.

— Com o Josias, sim.

— Ele te deixou nua?

— Bem que ele quis. Só anda atrás de mim. Na praça eu lambia um sorvete de morango, no tempo em que gostava de morango. Ele se chegou: *Que sorvete gostoso! Dá uma lambidinha?* Me segurou o braço, dobrei a mão, caiu no sapato. *Ai, menina feia!* Agora só tenho nojo.

— E de mim? Gosta um pouquinho?

— Ora, um pouquinho, quem não gosta?

— Como quer ser toda minha? E se ficar grávida?

— Não tem perigo.

— Afinal, a minha proposta? Quer ou não? A moça já chega.

— Você me dá o que eu pedi?

Agora sabe chamar de você.

— Muito caro. Ai, meu amor. Que mal tem? Essa boquinha, comer de tanto beijo.

— Então a metade.

— Menos a nota que deixei no caderno.

— Sabidinho, esse doutor. E se não me der?

— Em mim não confia? Aqui em cima da mesa.

Chaveou a porta, correu a cortina, livrou-se da gravata:

— Sem roupa, amor.

— Será que precisa?

— Quero você nua.

Sentadinha, descalça preguiçosa o sapato, enrola a meia branca:

— Ui, que perna mais cabeluda!

Abafou risinho:

— Cueca antiga.

— Como é que sabe?

— Olho na vitrina. Comprei cinco para o meu noivo. Uma de cada cor.

Nu, de meia preta e relógio de pulso.

— Que tanto me olha? Muito branca, não é?

Ai, pastar mil beijos no pezinho mais pequeno.

Deu-lhe as costas:

— Mesmo que tire?

— Toda nuazinha.

Essa calcinha azul já conheço, enfeitada de rendinha e babado.

— Cruzes. Não me olhe tanto.

Não se conteve e babujou o seio, peregrino que bebe água na concha da mão.

— De qual dos dois gosta mais?

Agarrou-os ao mesmo tempo, qual deles? Entre os dois a minha língua balança. Como dar conta com uma só boca?

— Ai, me beije. Morda, meu amor.

A nuca, nem careceu empurrar, ela ondulou o fino pescoço e cobriu de beijos. Arredava trêmulo os longos cabelos:

— Assim machuca. Encolha esse dente!

Ergueu-lhe o rosto afogueado, viajando a língua alucinada entre a boca e o seio.

— Assim atrapalha. Olhe que a moça chega.

Ai, que maravilha. O meu amor beijando o meu biquinho. Tire sangue, ó cadela querida.

— Vamos rolar no tapete?

Já não sabia o quê.

— Não quer sentar, amor?

— Agora não.

Beijando mal ainda melhor que.

— Ai, amor. Não esqueça de.

Sempre a afastar o cabelo dourado do rosto mais lindo.

— Deixa eu ver. Não esqueça, hein? Quero ver. A nota no caderno...

De repente o urro da maior paixão:

— Amor...

Não morda a língua, desgraçado. Com tristeza imensa:

— Não cumpriu, meu bem.

Sem olhá-lo, ali estirado no tapete:

— Já sei. Quer que deixe por menos?

Generoso como sou, nem sei por que tanto regateio:

— Você não...

— É que preciso. Se a gente fizesse outra vez.

— Agora não dá, amor.

Com ar de deboche:

— Ah, não dá, é?

— Preciso só de uma hora.

Pelo menos vinte e quatro horas.

— Próxima vez você não...

Um beijo e outro nas duas laranjas rosas descascadas pela metade.

— Nunca viu?

Nada do perfume barato que você leva para casa debaixo das unhas.

— Aceito um cigarro.

— Você não fuma.

— Agora eu quero — e soprava a fumaça, em vez de engolir.

Nem vinte minutos passados.

— Que vai dizer para tua mãe na janela?

Uma normalista de sapato vermelho. Seria mesmo normalista ou uma das tais? Ele fez biquinho e ficou na ponta do pé:

— A outra metade do sonho, querida?

Sem responder, embrulhou o sapato raso preto. E saiu orgulhosa de sapatinho novo.

A Corruíra Azul

— O velhinho do 307 passando mal.

— Muito morredor, o pobre.

Cada vez que reina com a criadinha, briga com a nora, a família, vai à praia, esquecem-no ali no quartinho de hotel.

— É a perna que dói, seu João? — indaga enternecido o porteiro.

Sozinho é um corredor do albergue noturno. Um olho velado por escama leitosa da catarata, o outro mal distingue através da grossa lente. O nó inchado dos dedinhos tortos, alcança a bengala pendurada na grade da cama:

— Meu filho, perna de pau dói?

Ferozes golpes na perna direita e uma gargalhada triste. Calo arruinado ou unha encravada obrigaram-no, dez anos atrás, amputá-la acima do joelho.

Cara vermelhosa costurada de rugas, farripas brancas úmidas de suor frio, a mão peluda sobre o pijama encardido:

— Uma dorzinha aqui...

Sem coragem de dizer coração. Acorda no meio da noite, o galo cego no peito bicando o milho às tontas. Medo de morrer só, sem alguém que lhe segure a mão.

— A nora é grandíssima feiticeira. Mistura vidro moído no caldo de feijão.

Menino não suporta, muito menos os netos endiabrados:

— Gostosa, a criança, só torradinha no espeto.

Grande jogador, borracho, farrista e mulherengo.

— O senhor apostou nas corridas?

— Já não posso comer.

Surdo que se faz distraído. Muito incomodou a mulher que, verdadeira heroína, morreu santa. Só foi para a companhia do filho depois de estropiado. Setenta e um anos irados e brigantes, implica demais com a nora. Quer só para ele o coração, a moela, a sambiquira. Vez por outra, deixado pelo filho na portaria do hotel.

— Te contei do velório da mulher do Dadá?

As pompas escolhidas na funerária, todos bêbados, ele deitou-se no caixão. Os amigos carregaram-no para o meio da sala, a família ao redor da defunta. Eis a tampa que se ergue sozinha, quem surge do esquife? Escapuliu às gargalhadas, entre os urros do possesso Dadá.

Já deslembrado dos terrores, acende um cigarrinho, as unhas amarelas e roídas até o sangue:

— Fiz misérias no meu tempo.

— Tempo das francesas, hein, seu João?

— Em Antonina foi outra vez.

O eterno penico debaixo da cama. Sozinho o coitado mal chega ao banheiro com o risco de cair e quebrar a bacia.

— Não pense que sou inválido. Opero o olho e fico novinho, pintado de ouro.

Inseguro na marcha — olho direito cego, perna esquerda postiça. Para se deslocar do hotel ao bar vizinho, arrimado de um lado na bengala e do outro no braço do porteiro. Passo a passo, arquejante, afrontado:

— Olhe aqui a vitrina!

Assim recobra o fôlego, sem se humilhar.

A perna de mentirinha debaixo da mesa, beberica uma batida de maracujá atrás da outra. Olho arregalado para as meninas que cruzam a porta:

— São o azul do céu, o canto da corruíra, a gota de chuva, o arrepio do vento... Ai, meus sessenta anos!

Nos peitinhos de uma corruíra azul foi que sofreu insulto cerebral, a sequela da mãozinha gaguejante e vesga.

Apesar de arruinado e carunchoso, pobre Sansão tosquiado, olho vazio sobre o nada:

— O velhinho mais fogoso de Curitiba!

Defeituosa, já encomendou outra maldita perna de pau, especial para corridinha atrás das meninas. Boceja, a dentadura ao léu da língua babosa:

— Não vai dormir, meu filho? Muito cansado e com sono.

Livre do outro, arrasta-se bracejando e manquitolando até o banheiro, com o rastro sinuoso na poeira do corredor.

Rubicundo da pressão alta, dispneia e tonteira, outra vez sentado na cama do quartinho. Mão ofegante no peito, a porta aberta — tanto para respirar como espreitar alguma hóspede retardatária.

— Psiu... Psiu, mocinha.

Mesmo que velhota decrépita, tudo menos a solidão das três da manhã, você escuta debaixo da pele a unha crescer.

— Não quer entrar, meu bem? Acode a um velhinho sofredor? Me segure a mão. Ai, que mãozinha mais doce. Sente aqui, lugar para dois. Mais perto. Ai, sua diabinha.

O Vampiro de Almas

— Escute só... Escute!

No súbito silêncio o rugido do velho leão, lá no Passeio Público, que acaba em soluços, cada vez mais fracos. Em toda a cidade só os dois — João e o leão — atentos ao cerco dos discos voadores.

— Acalme-se, filhinho — e a pobre mãe persigna-se, assustada.

— Que eu chamo a radiopatrulha — adverte o irmão André.

Único remédio para acalmar a sua reinação.

— Ah, não acreditam? Depois que eu não avisei.

Fecha-se no quarto, entretido em meditação, exercício místico, leitura cabalística.

— Sou vidente. Senhor de forças ocultas.

— Já reparou, André? — disse a mãe. — Quando ele passa, o rádio se põe aos gritos?

Não fuma, não bebe, foge de mulher. Mais que a mãe disfarce a bolsa (no fundo da gaveta, debaixo do colchão, atrás dos vestidos), fareja sempre o esconderijo — para ele o dinheiro recende a glicínia azul. Gasta em amuleto e guloseima, uma bala azedinha inchando a bochecha rosada. Surpreendido pelo irmão a esvaziar a bolsa:

— Não é que o ceguinho enxerga?

André usa óculo, a voz fininha de tão fraco:

— Rasgar dinheiro nunca te vi.

O pai tremia com o frio de Curitiba. Quando o velho morreu, João mal esperou o enterro sair. Cantou o dia inteiro, na maior exaltação.

— Na tua boca — protestou o André — o dente de ouro do diabo?

Após a euforia foi a crise mística, o nojo de comida e, ainda mais, de mulher. Deixou de trocar a roupa, seis meses não tomou banho — os molambos podres no corpo.

— Sai, catinga de cachorro molhado — e o irmão tapava o nariz.

Internado no Asilo Nossa Senhora da Luz, com injeção na espinha e choque elétrico. Graças aos seus poderes, fugiu do hospício, vendeu o relógio de pulso e o radinho, escondido na pensão Bom Pastor. Acabado o dinheiro voltou para os braços da mãezinha aflita.

Encarniçado a estudar astrologia, horóscopo, bruxaria. Agora o dia inteiro lavando as mãos. Banhos demorados de imersão, água quente não há que chegue. Escova os dentes até sangrar a gengiva. À sugestão do irmão de que se distraísse com namorada:

— De tuas imundices lá quero saber.

Ao pedido da mãe para que procurasse trabalho:

— Não há ofício digno de mim.

Sustentá-lo, a família, não é mais que obrigação honrosa.

— Vidente eu sou. Ente superior. Vocês não reconhecem?

Gravata de bolinha azul, quieto pelos cantos. Não participa da mesa comum; come sozinho o prato preparado pela mãe — ai, se a criada tocar. A moela, o coração, a sambiquira, delicadezas só dele.

— A senhora já leu Nostradamus? Sabe quem foi o conde Cagliostro? Conhece o famoso segredo dos faraós?

Na gaveta o exército de soldadinhos de chumbo e bombom recheado de licor, isento do impuro toque feminino.

Ao encontrar o escapulário insinuado no travesseiro:

— Essa velha é refinada feiticeira.

Nunca de costas para janela ou porta:

— Que será de mim se eles descobrem?

Eles, mutantes, trífides, vampiros das horas mortas.

Perseguido por dois estranhos (você pode imaginar quem são) entre o ganido dos cachorros. Encurralado na esquina pela polícia que, à caça do terrorista, lhe manipula o corpo e revista os bolsos (o sete de ouro, a cruz mágica, o bico da corruíra).

Dia seguinte protesta para o infame ceguinho:

— Não chama a radiopatrulha? Por que...

Suspende a frase e recebe mensagem telepática.

— Quem manda sair de noite?

Desconfiadíssimo com o olho na nuca, as vozes no canto escuro, o bramido do leão carunchado.

Mais sete choques elétricos (defende a infeliz alminha, um ovo na palma da mão, todo o cuidado de não quebrar) e, após iludir o enfermeiro, volta com a maleta cheia de comprimido.

— Nenhum não tomei. Só roubam a força do homem.

Gordo e corado, lambe-se por empadinha. Mas não come de medo da azeitona — sabe lá o que esconde o caroço?

— A mãe tem paciência. E quando ela faltar? — observa André, mãozinha descarnada no peito. — O João ainda incomoda muito.

— Escute só. Escute, ó ceguinho desgracido!

No fundo do Passeio Público a agonia do leão, estertorando nos últimos soluços — agora é a vez dele. Depois do leão, só ele e a ronda dos malditos vampiros.

— Se me acharem estou perdido. Tem alguém lendo os meus pensamentos.

Furioso com a velhinha que espana o elefante vermelho de louça.

— Não disse que ela é feiticeira? — e aponta-a com o dedo.

Pronto ela se vira, chamada pelo dedo.

Olhos Azuis Mais Lindos

Ao surpreendê-lo com a criadinha na cama do casal, Maria arrumou as malas e, sem se despedir, partiu de trem. Dias depois veio o genro negociar.

— Eu faço tudo — prometeu João. — Não sei onde a cabeça. Desde que ela volte.

Roubara dos pais a sua Maria, então com quatorze anos, ele dezesseis. Foi motorista de caminhão, mágico do circo de cavalinhos, agente de polícia — e sempre a perdição da menina, o consolo da dona casada, o arrimo da velha feia. Descoberto com a mão debaixo do vestido da viúva de sete dias. Deitava com todas as criadinhas da casa e do vizinho.

— Que loucura, seu João. Na sua idade. Na mesma cama do casal. Não bastou a mulher do Zé da Bateria?

Na mulher do Zé da Bateria fez até uma filha. Dona Maria exigiu explicação com o Zé e a mocinha — feia, magra, esquálida. Na sala de visita, recusou o cálice de vinho rosado e a broinha de fubá mimoso:

— Minha filha, você não tem saúde para dois homens.

Ofendido nos brios de marido, o Zé foi esperá-lo no portão.

— Aqui não é o lugar nem a hora — atalhou João.

Seguiram até a delegacia, antes passando pelo café, onde botou o açúcar no cafezinho do outro, e pelo boteco, para provar a famosa batida de maracujá. Com a espera e o trato ameno desfez-se a raiva do músico. João encerrou a discussão que não houve:

— Azar nosso, seu Zé, que gostamos da mesma mulher!

Desde então, ao cruzar com o outro, levava perigosamente a mão ao cabo do revólver.

— Vou buscar a velhinha — disse o genro. — Comporte-se, hein, seu João?

Dia seguinte dona Maria de volta, arriada ao peso das malas, uma em cada mão.

Era um espirro de gente, ele uma pororoca de feroz bigodão. Ela uma corruíra nanica e ele, mais que o outro, o filho do fogo e pai do trovão. No casamento da última das cinco filhas, ela de vestido longo verde era uma folhinha de alface pendurada na lapela do seu galã.

Aos sessenta anos, estropiada de tanto penar, um triste trapo de cozinha. Chinelo de pelúcia, arrastava-se suspirosa do fogão para o tanque. Se as comadres compadeciam nhá Maria — heroína, mártir, santíssima! — bem que tinham inveja: no chuveiro, de porta aberta, ao ensaboar o corpo, João exibia a força do homem — ó velhinho pirata.

Ciumosa, escutava a intriga das janeleiras e descobria o mistério. Santa, sim, com língua flamejante de dragão:

— Bandido, traidor, canalha. Você é o último dos maridos. Não tem vergonha, quase setenta anos! De mim fez uma desgraçada.

Farrista, jogador, beberrão. Ostentava o grande calo no indicador — tanto erguer saia de moça. Tudo perdeu nas cartas, mais que berrasse truco. Desde os quatorze anos, segundo o cálculo do genro, bebeu trinta mil litros de cachaça — dois por dia. E nunca ninguém o viu cambalear ou enrolar a língua.

Toda semana enchia o enorme garrafão.

— Muita cachaça vende o seu boteco — admirou-se risonha a dona.

— Meu boteco sou eu.

A dona voltou-se assombrada para o marido:

— Juquinha, ele não tem boteco. É tudo para ele.

Aposentado, bebia em casa, jamais no bar. Cada duas horas copinho de cachaça com limão e pouco açúcar. Deitava-se às dez da noite, um copo no criado-mudo. Às duas da madrugada esvaziava o copo. Às seis, agitava-se na cozinha, espremendo o limão e enchendo os dois litros, que guardava na geladeira. Não misturava com cerveja nem conhaque. Vinho só carrascão.

Engenhoso, fazia biscate na vizinhança (os maridos longe de casa). Mão leve para torcer pescoço de frango, semear rabanete, afagar bracinho nu — aceitava um cálice do licor de ovo, desde que a dona o acompanhasse.

Já o farrapo da velha, quando não enterrada no fundo da cama, sujeitava-se a todo o serviço — criadinha não queria. Só negra horrenda e desdentada, ainda assim não tinha confiança. Capricho da natureza ou efeito da bebida, João perdera o olfato — nada exigente tanto que usasse um pedaço de saia.

Enfermiça dez anos, a pobre Maria foi definhando, cada vez menor. Sempre com fastio, um nojo de comida. Internada no hospital, só fraqueza, não tinha doença. Alguns dias de repouso, vitamina e fortificante, voltava alegrinha para casa.

— Dona Maria não morre — brincava o médico — só para te contrariar.

Na cadeira de balanço, rodeada pelas filhas, parentas e comadres:

— Estou assim por causa desse infeliz!

Cabeça baixa, o infeliz esfregava quieto o vassourão.

— Me atentou, me judiou, até doença de homem me pegou!

Segunda vez no hospital, exigiu casassem também no religioso. Tanta emoção, após a bênção do padre, desmaiou com longo suspiro. Uma das filhas assustou-se, acendeu-lhe uma vela na mão — a velhinha abriu o olho e, mais que depressa, soprou.

Repouso, soro, injeção. Melhorzinha, de volta para o borralho, espanando a coleção dos elefantes de louça, até batia roupa no tanque.

— Não hei de morrer — confidenciou à filha. — Esse gosto não dou.

Decrépita, macilenta, debaixo de xarope.

— Só de paixão não morre — comentou a filha.

Respirava por força do amor demais.

— Já não pode viver — confirmou o doutor Alô.

Sem voz, sem pulso, sem reflexo na pupila. Bastou saber que o velhote deitara sangue pelo nariz (pressão alta ou rival furioso?), arregalou o olhinho de satisfação, a careta de um sorriso na boquinha desdentada. Tudo menos deixá-lo solto no mundo.

Encolhida na cama, arruinada, quase no fim, ainda mandava uma das filhas expulsar a criadinha — o grande João reinava atrás da porta. Queria ela mesma apresentar os seus manjares preferidos — a moela, o coração, a sambiquira. Mais a salada de agrião com bastante vinagre.

Altão, caladão, sotrancão: dele toda a culpa. De joelho, encerava o soalho, limpava a gaiola do pintassilgo, mudava a água do peixinho vermelho, lavava na pia o lenço e a cueca — sob as pragas e maldições da moribunda estertorando no quarto, a mãozinha crispada na ponta do lençol.

Cada duas horas João abria a geladeira, bebericava um copo. Nos últimos anos, o melhor marido do mundo. Quando ela o insultava — sempre com razão — e queria rasgar-lhe a camisa, não fazia mais que rir baixinho.

— O maior cínico — ainda ri. Olhe para mim: corcunda e entrevada. Monstro que você é.

João dava-lhe pacientemente a papinha; enjoada, entre uma colher e outra, cinco minutos para abrir a boca. Ele regalava-se com sua tigela de pão embebido na zurrapa.

— Como é que pode, João? Com esses olhos azuis mais lindos, ser tão fingido?

As filhas ao lado da mãe, não escondiam o orgulho pelo grande mentiroso, fanfarrão, herói safado de mil batalhas — a mão ligeira no revólver com que assustava o Zé da Bateria.

A dona morria do medo de morrer. Cinquenta quilos reduzidos a trinta e cinco, quase cega. Praguejava o pobre homem, ameaçando com a bengalinha trêmula. No último fim, a cisma de que se espirrasse não morria. Espremia-se toda numa visagem:

— Pronto, espirrei. Hoje não vou morrer.

Resfriadinha, espirrou, espirrou e... João preparava o chá de sete folhas — da janela atirou um beijo e dirigiu galanteio obsceno, quem podia ser? Lá na cama, ao terceiro espirro, a sua velha era finadinha.

Primeiros dias chorou muito — as filhas até esconderam o revólver. Suspirava sem sossego — ai, ai. Ele, que nunca foi de igreja, três missas mandou rezar. Sonhava com a doce menina de quatorze anos. Queixou-se da próstata, uma vontade louca de — duas ou três gotinhas. Para se distrair, aceitou passar alguns dias na casa da filha mais velha — não é que, atrás da porta, o surpreendeu fazendo arte com a criadinha?

A Faca no Coração

— Você rapou o bigode, João. Ficou mais moço.

— Na mesma hora em que ela me deixou. O amor é uma faca no coração. Cada dia se enterra mais fundo, que não deixe de sangrar.

— Esse óculo rachado. Não pode enxergar direito.

— Depois que a gente acostuma, não atrapalha tanto.

— Maria, ela não merece você. É bom demais. E os filhos?

— A mais velha me odeia. Dizer que me chamava Paizinho.

— No começo eles tomam o partido da mãe.

— Ao encontrá-la na rua, me virou o rosto: Você é uma filha ingrata. *Nada de ingrata. Nem considero o senhor meu pai.* Então a culpada foi sua mãe... Sabe o que ela fez? Quis me avançar com a unha afiada.

— A outra filhinha?

— Também do lado da mãe.

— E o filho?

— Esse é o maior inimigo.

— Você, João, uma infância tão feliz. Agora sofrendo esse horror. Dona Cotinha teve a felicidade de não ver.

— Se ela está vendo... Tudo!

— Vendo o quê?

— É espírito forte. Tudo ela vê. Fala comigo em sonho. Sabe o que repete?

— ...

— *Meu filho, sinto uma pena de você!*

— Ó Maria, mal de cada dia.

— Minha cama é só mordida de formiguinha ruiva. Usei tudo que é veneno. Até lavei o soalho. Mas não adiantou.

— É a famosa insônia de viúvo.

— Três da manhã, lá vem o negro desdentado, entra no quarto, deixa uma flor na minha testa.

— E quando você acorda, a flor está ali?

— Como que adivinhou? Flor é do céu, não é? Quem manda é a velha: *Vá cuidar do meu menino, tão sozinho.*

— Deve arrumar uma companheira.

— Quem é que vai me querer?

— Quanta mulher, João. Uma viúva, uma desquitada infeliz, tanta professora bonitinha.

— *Cada dia* — são palavras da Maria — *é mais difícil gostar de você.*

— Mulher é que não falta.

— Tenho uma em vista. Viúva de trinta anos. Maria praguejou que sozinho não consigo outra.

— Deve mostrar para ela. Pode até escolher.

— *Como é que você dobrou a Maria, assim furiosa?* — perguntou a pobre velha, antes de morrer. Não dobrei a Maria, eu disse, dobrei os joelhos.

— Mudar a lente rachada não custa. Em vez dessa gravata fúnebre uma de bolinha azul.

— Nunca tomei um copo d'água sem dar a metade para ela, que no fim me fugiu. Na cama o cobertor era todo de Maria. Não tinha um fio e uma agulha para este botão?

— Bem sei que fazia pose para você. Logo ela!

— É refinada feiticeira. Coração comido de bichos, ela tem um buraco no peito. Sabe o que, no dia em que me abandonou?

— ...

— Só de traidora degolou o casal de garnisés...

— Nem tremeu a mão de unha dourada.

— ... estrangulou o canário no arame da gaiola...

— Não me diga, João!

— ... e furou o olho do peixinho vermelho.

— Esqueça a ingrata nos braços de outra.

— Não é feia a viúva. Trinta anos mais moça, apetitosa. Só eu não mereço?

— Assim é que se fala, João.

— Não posso ter dó de mim, daí estou perdido. Acho que me engracei pela viuvinha. O amor é uma corruíra no jardim — de repente ela canta e muda toda a paisagem.

Este livro foi composto na tipologia Minion Pro
Regular, em corpo 13/19, e impresso em papel
off-set 90g/m², no Sistema Digital Instant Duplex
da Divisão Gráfica da Distribuidora Record.